Au moment voulu

布朗肖作品集

MAURICE BLANCHOT

（法）莫里斯·布朗肖 著

吴博 译

在适当时刻

Au moment voulu

南京大学出版社

消解与显现(译者序)

莫里斯·布朗肖(Maurice Blanchot)作为被公认的法国 20 世纪最重要的文学批评家和思想家之一,同时也代表一种最奇特、最暧昧、最不可言说的存在。他被学界公认为对后来的哲学界、文学界、美学界产生了不可估量的巨大影响;德里达和巴塔耶曾多次在其作品中对其遥以致敬。然而他却一直以一种神秘的近乎尴尬的方式矗立于 20 世纪的法国思想史。知识分子们为显示不凡的品味常常把布朗肖挂在嘴边,然而针对布朗肖的研究文献却远没有我们想象得多。他独特的跨界于哲学、文学评论及政治理论的研究领域,使其难以被定义和界限。他的理论如此晦涩抽象,以致其作品被不少著名学者,比如肖康

(Cioran),认为是"精美却言之无物的废话"。事实上,布朗肖的文学理论之所以难以被理解,是因为其独特的理论切入点,以一种独一无二的"死亡学"理论作为其文论的根本基石。布朗肖不论是文学评论还是其实验性小说(比如这本《在适当时刻》)都是在其构建的独有的"死亡空间"中进行演绎的。这种将"死亡"在本体论(不是生物学)层面上进行演绎而形成的独特的存在场域,又衍生了其他诸如"诗歌空间""文学空间"等。换言之,布朗肖的一切艺术理念都是基于对"死亡"这一本体论概念的探讨而建立的,所以在对其作品《在适当时刻》进行介绍之前,我们需要简单梳理布朗肖的"死亡学"理论及建立在其上的对艺术及作品的理解。

作为坚定的无神论者,布朗肖彻底否认了宗教所勾画的以死亡作为通道的彼岸世界。在他看来,死亡分为两种:一种是抽象的死亡,即是说死亡作为一种抽象的概念而存在于人们的思想认识中,影响着我们每日的生活和选择。它是海德格尔式的"向死而生"中的死亡,它不具有确定的时间和空间属性,因为没有人知道这时刻的确定属性和时间,然而它却似乎无所不在,影响人们的生活点滴。第二种死亡是"真正的"死亡,即是说对于一个无神论者来说那真正的不可知,布朗肖穷尽一生来阐释和接近的巨大的"中性",然而在那里,一切理性的力量和哲学的思索都是徒劳的,"真正的"死亡永远不可能被理解和把握,因此它也不能被简单理解为"终结",而更像是一个不可接近的"开端";活着的人们永远不能体验死,而死去的人也无法对其进行言说。黑格尔认为死亡通过其绝对否定的力量展现意识的本质,它使意识彻底摆脱客体达到纯粹的自在;海德格尔将死亡视为"存在"的本质,一种瞬息的"此在"的必然归宿,换言之,死不仅是生的对立面("向死而生"),更是作为存在本真的一部分,一种不可被剥夺的本质的"存有"(唯有死亡真正属于每一个人);而布朗肖的死亡观则比两者都要彻底和悲观,在他看来,真正的死亡从来不属于任何个体,它和存在的个体不发生任何真实联系,它会突然发生,然而却永远不可被认识和把握,虽然它的暗影无处不在地影响着我们的日常生活,使其变成一种由不可被救赎的焦虑所支配的无尽的"缓刑"。从这个角度来看,"自杀"这一行为具有了某种荒诞的徒劳性:我们终究还是被动地接收并融入死亡,自杀也不会使我们真正体验掌控和拥有死亡本身;我们拥有的也只能是死之理念,而不是死亡的现实。事实上,在布朗肖看来,自杀仍然表达一种对掌控和对生的执着。这样,存在本身在布朗肖这里失去了黑格尔的乐观和海德格尔的昂扬,变成某种怪诞的不可终结的"垂死"。

布朗肖独特的死亡观的建立,从根本上是为其艺术思想服务的。在布朗肖看来,人类和死亡的关系与艺术家和艺术(文学)的关系在本质上具有同一性。为了更生动地阐释艺术与死亡的联系,布朗肖在其最重要的批评代表作《文学空间》中引入了"两夜"的概念。在布朗肖看来,古代文明对于生与死的单纯二分法(死不谈生,生不言死)中将死亡单纯视为生之对立,死亡不可谈论,无须知晓;这样的死亡被布朗肖称作"第一夜",它与白昼(生命)截然相反,两者互不干涉,在"第一夜"中,一切都会消逝而归于静谧,它代表孩童般永恒的安宁和梦乡。然而正如人类孩童般的时代转瞬即逝,这理想乡般的"第一夜"也很快失去了安静的纯洁性,因为"当一切消失时,'一切消失'本身便会显现"。这便是失去纯真的孩童遭遇的"另一夜",在那里梦境、幻象、幽灵、过往逐渐显现。"另一夜"是不可避免的,它来自人类填补空无的本能,"第一夜"的纯粹必然失去,在想象"第一夜"的空无中,人们妄图越过白昼的边界达到夜的本源,正如逐渐文明起来的人类不再满足对死的否认和回避,在逐渐走进第一夜的深处时他们也开始探究死的本质。然而"危险"便由此开始,对"第一夜"的深究便是"另一夜"的开始;如果说"白昼"代表日常的生活,那么"另一夜"便是一切艺术的化身,艺术探寻死之本源,然而这本源并非真相,它不可被触及,在被接近的一刻就不再是本源了。本源永恒地逃逸并向夜的深处隐没,"第一夜"的消失便是"另一夜"的展开,而后者却又是以无尽消逝的形式显现。被一切形而上的思想和艺术(文学)所追寻的另一夜本身便是这无法被遗忘的遗忘,无法发生的回忆。艺术便是走向这夜,这死亡的深处,而我们只能"死"得更多一些,永远更多一些,却永不会真正死去,因为在开始找寻的时刻起,"第一夜"已然失去,真正的死亡灰飞烟灭。于是,

"第一夜"亦不过是白昼的幻觉,正如那第一种死亡亦不过是生命的想象而已。然而真正的悖论在于,只有在白昼中,"另一夜"才能被想象和勾勒,只有在"白昼中",我们才能试图徒劳地超越第一夜的黑幕,想象着通过另一夜的接近不可接近的死之本源。然而,尽管徒劳,所有通过建立壁垒(利用白昼转移对夜的注意力的企图)都是徒劳,我们越是尝试用规整安全的生活拒斥夜的来临,另一夜就会越快而越以压倒性的力量蚕食白昼的疆域。然而另一夜被追寻的过程是无止境的,没有决定性的时刻,没有稳固的真相,只有无尽的试探、怀疑和接近。而这接近本身就是一种疏远和异化,对另一夜的找寻本质就是创造另一夜,异化"第一夜"的过程。越深入另一夜,我们离第一夜的本质就越远,就越接近某种布朗肖所说的"非本质",然而这一切均是不可避免,因为"本质"无限后退,所有可以被捕捉的都是其自我异化后的非本质的残像,然而这对"非本质"的探寻和揭示却正是"另一夜"的本质和意义所在。以上便是布朗肖的"二夜"辩证法,它为其死亡哲学和文艺理论架起了桥梁。

然而真正对布朗肖艺术理论核心进行象征的是古希腊俄耳普斯(Orphée)的神话。后者贯穿整个布朗肖的文艺批评生涯,成为其理论的绝对再现与凝缩的载体——"俄耳普斯的目光"。在希腊神话中,拥有令万物噤声的美妙琴音与歌声的美少年俄尔普斯所深爱的仙子欧利蒂丝(Eurydice)新婚之夜被毒蛇咬伤命丧黄泉,诸神感动于其歌声,令他能活着来到地府,在那里连冥王都被他的琴声打动,准许他带着欧利蒂丝回到地上世界,条件是他在看到人世的第一缕光线之前绝不能回头看身后的爱人,然而冥途将尽,俄耳普斯为确认爱人是否依然跟在身后忍不住回望一眼,瞬间令欧利蒂丝再次堕回冥府无底深渊。在布朗肖看来,欧利蒂丝代表艺术的本源,而俄耳普斯的目光则表征艺术家与艺术永恒悖论的关系。这样一来,俄耳普斯的故事便有了特殊的象征意义:诗人(俄耳普斯)尝试将艺术本源(死去的不可见的欧利蒂丝)从虚无的深渊(冥府)中唤出,以作品(活着的有形的欧利蒂丝)的形式展现于世(复活欧利蒂丝),然而过于迫切的灵感和直视本源的尝试(俄耳普斯的目光)却在瞬间摧毁艺术的本质将其与作品同时再次化作虚无(欧利蒂丝永坠深渊)。然而正如布朗肖所探讨的,俄耳普斯(诗人)的任务本身就充满矛盾和悖论。直视本源的冲动就是诗性的"灵感",艺术家的使命就是寻找并直视本源,然而对本源的直视过程却同时摧毁一切"作品"的可能性,即是说,任何艺术创作者都必须在抵御"灵感"的过度洋溢中使作品成形问世,从某种意义上说,作品本身就是回避对本源进行直视的妥协的产物(只有不直视欧利蒂丝,才能令其复活)。然而如果决然回避对本源的直视,艺术也就失去了其意义,从这个意义上说,作品的成形同样也就意味着本源的丢失。如果俄耳普斯不回头看,那么被复活的欧利蒂丝也同样不再是被困于冥府的那个无形却无尽的本源动力了。这便是艺术家的两难处境:直视本源意味着丧失本源和作品,因为本源就是"一切消失的显现",就是"无",就是"空",就是"道";回避本源便是彻底的选择白昼,失去黑夜,也自然失去作品。于是,所有的艺术作品,便都是那似有若无的交汇,一种危险的妥协,在某个被凝视的瞬间陡然消解而本源显现,尽管后者亦是以一种转瞬即逝的深渊般的不断自我隐匿的形式被体验。

不仅在对艺术本源的阐释上,在对于作为文学载体的语言的态度上,布朗肖也远比他人走得更远。事实上,在对语言指涉性的怀疑和否定上走得最远的是莫里斯·布朗肖。对于布朗肖来说,语言本身首先代表了一种"缺席"和对存在及现实的否定。在其著作《以火之名》(*La Part du feu*)中,布朗肖列举了这个例子:"我说'这个女人'。荷尔德林、马拉美,以及所有那些以诗歌本质为主题的诗人都感到'命名'这一行为本身是令人不安和神奇的。一个词能够给我它的含义,但首先必须压抑它。为使我能够说'这个女人',我必须将其有血有肉的现实从她身上拿走,使她成为不在场而消解她。"换言之,语言对于意义和指代的传达是以否认物体的现实存在为代价的。正如我们使用"猫"这个词的时候,我们同时剥夺了所有的猫这一群体的各种现实个性,以使其变为一种抽象的概念。这样,"言说便拥有了一种不仅是再现更是毁灭的功能。它引起消失,使得物体不在场,它消解物体"。语言通过对于现实的否认使具体的物体变得不在场,而这种否定性本身却有积极一面:概念与观念的在场。于是,对于布朗肖来说,言说这一行为本身已经使得我们从物质的直接性中抽离,我们于是被悬置在言语所制造的不在场中,这种悬置本身便从根本上阻止了言语从言语外的现实中获得稳定性和根本依托。这样,我们看到,布朗肖不仅对我们一直以来认为理所当然的语言功能性和指代性提出怀疑,更从另一方面强调了语言的"物质性",即是说,语言除了通常的指代外物的功能之外,更重要的指向了语言本身的属性和质感(包括词汇自身的韵律及其他和其他词汇所构成的韵律结构);甚至在布朗肖看来,后者比前者更为本质和值得信任,语言这一指向自身的属性便是诗歌赖以生存的基石。而布朗肖的文本,尤其是其小说,便在某种程度上体现了这种对摆脱语言指涉性展现其物质性与质感的终极追求。

言语的自足性,文本的物质性,以及诗人的两难处境——这非死非生,非有非无,非昼非夜的临界便是布朗肖作品的永恒主题。这一点在《在适当时刻》中也有充分体现。

《死刑判决》(*L'Arrêt de mort*)、《在适当时刻》

(*Au moment voulu*)、《那没有伴着我的一个》(*Celui qui ne m'accompagnait pas*)被其好友巴塔耶称作"三联画"。不同于布朗肖以往的文学批评性作品,这三部作品是以叙述形式展现给读者的,文本中包含了讲述者和其他人物,然而我们却不能把它们简单归化于小说的范畴内,或者说它们不是通常意义上所说的小说,这也就是伽利玛(Gallimard)在出版它们的时候将其命名为"想象小说"(« romans imaginaires »)系列的主要原因。从形式上来看,三部作品最大的共性在于一种散漫得近乎"混乱"的叙事结构,情节本身似有若无,讲述者的言说呈现严重的碎片化,时间和空间的划分与界限空前模糊。然而批评界之所以将这三部小说常常放在一起考量,是因为它们在创作时间性上具有连续性,并且均具有浓厚的"自传"性质,因为这三部作品均完成于布朗肖在其南部宅邸艾斯(Eze)隐居的阶段,深刻地反映了布朗肖对自身和文学境况的思索。上世纪40年代末和整个50年代的布朗肖暂停了其文学批评的写作,这一时期也是布朗肖人生中最为艰难的一段,健康状况长期欠佳以及长年累月的思考阅读和写作生涯令其感受到前所未有的疲惫。退隐到艾斯也实属无奈之举，因为其好友如巴塔耶等人多聚集在以巴黎为中心的法国北部，当时的交通远不如现在方便。布朗肖在其南部宅邸中感受到前所未有的孤独，这一点在布朗肖与其友巴塔耶的大量通信中常常被提及。然而恰恰是这一时期的离群索居令布朗肖对文学、死亡，尤其是一直以来困扰他的"本质孤独"(« la solitude essentielle »)的问题有了更为深邃的思索。对于布朗肖来说，艺术、作品、作家都是本质孤独的；一方面，文学像所有其他形式的艺术一样使作家和世俗生活愈发疏离和隔绝；然而另一方面，作家亦不能从作品中找到安慰和陪伴，因为作品从来不属于作家（正如欧利蒂丝从未真正属于俄耳普斯），创作完成的过程便是作品脱离作家甚至脱离艺术本源成为被异化的主体的过程，在布朗肖看来与其说作品属于作家，不如说作家属于作品，却又在某一时刻不再是后者的必要条件。因此，作家的孤独和作品的孤独是本质性的、不可救赎的，是由艺术的本性决定的。事实上，以《在适当时刻》为代表的叙事"三联画"并未偏离布朗肖作品（无论是批评还是小说)的惯有主题和意象:死亡、文学、孤独、相遇、错失、重逢、静谧、白昼、夜晚……然而其阅读和理解难度却远远大于其批评性文本,因为传统叙事文本中的时间、空间和人物这三个主要构成在布朗肖的这三部小说,尤其是在《在适当时刻》中被消解并弱化到一种叙述的极限。整篇小说在形式和内容上都呈现出强烈的碎片性,宛如某个垂死与半疯之人在垂死之际身处游离之境的呓语和梦魇。

布朗肖一生致力于勾勒和构建"文学空间",这并非一个修辞性的说法亦或是扁平的概念,而有其自身独特的本体论特性,遵循布朗肖独创的"物理"法则。之所以说作品具有浓厚的"自传"特性,首先便是因为读者很容易注意到《在适当时刻》中所描述的具有诡异时空特性的住所和作家本人隐居时所居住的艾斯宅邸具有不可否认的关联。显然,布朗肖将其住所的时空属性扭曲、置换,创造出小说中这样一个似有若无、忽大忽小、有限却又无界的"文学空间",并以此为场域描摹、探讨作家与死亡、孤独和文学的复杂关系。稍微做些努力,我们还是能大概理出小说残留的某些故事情节:讲述者(我)此刻身处南方,孤身一人在空荡的住宅中缅怀往昔,看见曾经的爱人克劳迪娅的幻象,由此引发了在巴黎和其相识过程的回忆。"我"在巴黎拜访一个结识已久并心怀爱慕的女性朋友朱迪特,碰巧在其公寓遇见了她的现在的同性恋人克劳迪娅,三者之间便产生因为嫉妒和各种猜忌引发的种种互动,随着"情节"的推进,朱迪特渐渐被克劳迪娅所"压倒","我"爱上了后者,然而最终克劳迪娅拒绝和"我"一同到南方去,只留"我"一人今日在南方古宅空牵念。然而正如我们之前所提及的,小说的复杂性首先体现在其空间的不确定性上,朱迪特和克劳迪娅的公寓看似只由起居室、卧室、厨房、洗漱间等部分简单构成,然而每一个房间又可以随时拥有无限的伸展性,墙壁可以随时"消失",空间可以达到无限,幽暗的走廊可长可短,以至于直到文末,公寓的真正结构都不可能被真正理解。原因其实很简单,这不是我们通常所说的物理空间,而是布朗肖脑海中的"文学空间"。如果说空间的不确定感只是令人略有疑惑的话,那么文本在时间维度上的缺失对于不熟悉布朗肖作品的读者而言就可以用"灾难"来形容了。虽然通篇使用过去时态,然而时间状语的缺乏仍然让人很难对事件的发生进行先后的定位；而到了文末，布朗肖彻底地摆脱时间与空间的束缚，将叙述彻底交付于一种抽象的意识流动。除了时间和空间外，小说的第三个反传统性来自于叙事主体的虚化，在文本的开端我们还能辨识出一个拥有形体、空间与时间感的叙事主体"我"，然而随着"故事"的推进，主体的身份愈发不明，其所处的空间也不再确定。（起居室的炉火旁？阴湿寒冷的盥洗室？半睡半醒病卧在床？）事实上，除了时间、空间和叙事者外，小说中还有很多其他诸如人物设定、天气（忽而白昼，忽而夜晚，忽而暴雪，忽而晴朗）等读惯传统小说的人难以理解的描述。事实上，正如之前所提到的，布朗肖着力营造的就是这样一种"艺术只为艺术，语言只为语言"的"文学空间"。在这里，文本的指涉性和故事性（"谁都不想和一个故事相连"）被缩减到最低限度，文本在这一刻体现出其彻底的"物质性"，一种纯粹的文字质感。这是对文本故事性的极大剥夺，另一方面也恰恰体现了一种彻底的"时间感"；换言之，正因为文本彻底失去对事件的讲述能力，它便更像是一种对时光的纯粹流动的叙述，正如一个忙碌的人永远不会比一个空闲的人更能感受到时光流逝的点滴过程。

事实上,《在适当时刻》中特殊的空间、时间及叙事结构的设定,其意义远不止展现语言与叙事本身的"质感",更重要的是,布朗肖利用这样一篇似是而非的场景和叙事及互为映照的人物设置,完美地诠释了作家、死亡与文学之间互为制约的辩证关系。文中的讲述者"我"去拜访一位显然和其关系亲密的女性朋友朱迪特,并碰巧遇见了此时和朱迪特同居的同性恋人克劳迪娅。通过对朱迪特的描写,作者强调了其两个重要特点:首先,朱迪特的面容具有"非时间性",她的面容有一种高贵而"中性"的美。其次,朱迪特无所不在却又似乎无从找寻,在小说中,朱迪特反复出现又很快消失,她在"我"最不经意的时刻出现,然后又立刻被不再提及。她的"在场"遍布整个空间却又不可触及。更奇妙的是,作者反复强调了朱迪特这一存在在时间维度上的模糊性——"比过去更遥远"。随着小说的进程,朱迪特和"我"一样被逐渐去肉身化,"形象"(« figure »)一词被用来代替"面容",朱迪特渐渐化为一种抽象的象征,而她在"我"眼中渐渐失势于克劳迪娅后那空洞贪婪的眼神，那吞没一切的决绝无不揭示着她真实的喻意——死亡。是的，朱迪特就是这无间地狱般的"文学空间"里那和"我"如影随形却又无比遥远的"死"的概念，她每一次的出现都伴随着阴冷和静谧的意象：黄昏、大雪、单调、忧伤……她不断地和"我"相逢又不断错失，却又不断"重逢"，无尽的循环。然而"我"没有在小说中死去，我没有选择朱迪特——那初始的恋人，当"我"最后请求道，"和我一起去南方"时，我说话的对象恰恰是和朱迪特有亲密关系的克劳迪娅，小说中的克劳迪娅是一位退休的歌剧演唱者，她对于"我"的到来起初是带有防备甚至敌意的（这很自然，因为朱迪特是她的爱人）。然而随着叙述的推进，"我"和克劳迪娅之间的关系渐渐发生着微妙的变化，小说中不止一次描写"我"和她的拥抱。事实上，每一次当"空间"因为朱迪特的出现而变得阴冷压抑时，克劳迪娅便会将其缓和，是她抓住"我"冰冷的双手将其按压在她温暖的喉咙上，是她的歌声在阴冷的空间里或给予我光明和恢宏时刻的闪现。从某种意义上，她代表与死亡（朱迪特）对峙的诗歌和写作那灵光闪现的时候。然而面对朱迪特的无所不在和凶猛暴烈,克劳迪娅是敏感、疲倦、忧伤但富有尊严的;她不能被带走,她必须和朱迪特在一起。然而,实际上这样的二分法是过度简化和粗暴的,朱迪特仅仅是"死亡"吗?也不尽然,她是所有作品的可能性,她是夜晚的女神,她是空无的守护者,她是世界本源之"点";换言之,她也是艺术,也是文学,她就是克劳迪娅。这也恰恰是布朗肖作品中常常出现的一男两女的人物设定,朱迪特和克劳迪娅是作家所面对的孤独的两面,文学与死亡、存在与虚无的两难境地。整本小说的情节就是"我"、朱迪特和克劳迪娅三者之间不断相遇、分离而又再相遇的过程,每一次的重逢都是作家对作品和死亡的重新相识,在黑夜与白昼、过去与未来、生命与死亡的交汇处;三人之间亲密又疏远,充满动荡、暗流汹涌的关系则恰恰是这一"文学空间"运行的基本法则和张力的源泉。在这永不终结的孤独和垂死中,写作便是那永恒适当的时刻。在写作《在适当时刻》的几年之前,布朗肖曾在一篇名为《死于适当时刻》(发表于其主编的期刊《方舟》)的文章中这样谈及尼采:"死亡的残忍性在于它从不让我们知道在其内部,在死亡那一边,何时才是适当的时刻,以至于最后死亡时刻的选择要求我能够超越我的死亡之上——从那里俯瞰整个人生,即是要求我已然死去。"而接近这非死的"已然死去"的状态的唯一方式,便是写作。

在适当时刻

与她同住的女性朋友不在，门是由朱迪特打开的。我的讶异如此极端与纠结，倘若我只是碰巧遇见她，我一定不会如此吃惊。我如此错愕以至于在心中默念："我的老天！又是一个熟人！"（或许我径直走向她的决定如此强烈，以至于我一开始竟未辨认出她）。但是也因为亲自前来现场确认事情进展而感到别扭。时间已然流逝，却从未真正过去；我本不应有当着自己的面袒露这一真相的欲望。

我不知其脸上的讶异是否与我的体验相称。不管怎样，各种事件，被夸大的现实、痛楚，难以置信的念头显然在我俩之间漫长地堆积，外加一个如此深远的令人愉悦的遗忘,她很轻易对我的出现不觉吃惊。我觉得她令人讶异得几乎没有任何改变。正如我立刻观察到的,那些小房间已然面目全非。然而即便在这个我尚不能完全理解且不太喜欢的新环境里,她仍然完美得和从前一样,不论是线条、气质,亦或是年龄方面:某种青春令其奇异得和从前相似。我不断注视她,对自己说:原来这便是我惊讶的原因。她的面容或更确切地说她的表情几乎没有任何变换,介于最愉悦的微笑和最冷漠的自持之间,唤醒我心中一个无比遥远的回忆,而这份深埋的比苍老更苍老的回忆似乎被她一丝不变地拷贝下来才会使后者显得如此年轻。我最终只对她说:"您真的几乎没变!"此时她正身处一架我此前从未想到会出现在这个房间的钢琴旁。为何是这架钢琴呢?"是您弹钢琴吗?"她表示否认。好一会儿后,在一种突然的活力之下,她以责备的口吻对我说:"但是克劳迪娅弹钢琴!她唱歌!"她以一种奇怪的、自发的,激烈却又闪躲的方式看我。这种目光不知为何给我心头一击。"谁是克劳迪娅?"她什么也不回答,而我又再次被击中,但是这一次,像是被某种不幸,我被她这种似曾相识的令其显得极端年轻的气质所震动,以致心生焦虑。此时此刻,我对她的回忆清晰了许多。她拥有最精致的面庞,我是说她面部的线条兼具某种热情的喜悦和极端的脆弱,似乎由某种内在的更为集中的别样的气韵所支配。岁月只要求将这样的面容变得僵硬,而这恰恰未曾发生,年岁被奇异地缩减至无力。毕竟,为何她本应当改变呢?过去并非如此遥远,这也不是什么大的不幸。而我自己又如何否认这一事实:此时此刻当我可以从记忆深处注视她的时候,我被托起、带向另一个生命。是的,一个奇怪的活动向我推进,一种未曾遗忘的可能性,它嘲弄流年,其四射的光芒穿透最黑暗的夜晚,一种忽视一切的力量,面对它无论是惊讶还是悲苦都无能为力。

窗户是开着的,她起身去关窗。直到那时我方且意识到街道从房间的旁边直直地穿过。我不清楚这些噪音是否侵扰到她;我认为她对此几乎不介意;但是,当她转过身瞥见我的时候,我有一种突然的感受:她只是现在才开始瞥见我。我承认这是件非比寻常的事,不仅如此,在那一刻,我以一种仍然模糊却已然激烈的方式感到这种情形部分是我的错：是的，我立刻明白，如果说她在某种程度上忽略了我（这或许有点儿怪异），我也没有做到所有我应当做的以确实地落入她的眼帘，与其说这是怪异的不如说这是令人悲伤的。出于这个或那个的原因，但或许因为我自己之前过于沉浸地放任自己观察她，某些本质的只能在我的要求下才能参与的东西被遗忘了，我暂时还不知道它是什么，但是遗忘是如此明显的存在，以至于当现在房门关闭后我开始怀疑这里除它之外再无别物。

我得承认这个发现从物质上说来如此昂贵，它将完全地操纵我。正这么想着，我为这个想法着迷并被其抹去。啊，好的，这是一个念头！可不是随便什么念头，它与我相称，精确地与我对等，且如果说它任由我思量，我却只能消失。最终，我应该要一杯水。"请您给我一杯水。"这样的言语却令我感到一种可怕的冰冷。我感到痛楚，然而已经完全恢复镇定，我尤其对刚才发生的事没有任何怀疑。当我决定从此事退出时，我尝试回忆哪里是厨房。走廊中昏暗得夸张，也使我意识到自己的状况还不是太好。旁边的浴室和我刚刚离开的房间相连，厨房和第二个房间应该位于更远处:在我心中一切都清晰,然而外部情况却不尽然。这该诅咒的走廊,我想,它难道有这么长?当此时此刻回想这个过程时,我讶异于自己能够做出所有这些努力却未曾考虑为何它们如此使我费劲儿。我甚至都不确定自己曾有任何不愉快的感受,以致在一个错误的移动后(可能是因为撞到了墙上)我感到一种令人憎恶的疼痛,最剧烈的那种,令我头痛欲裂,但或许其剧烈性超出真实感;我难以描述这种疼痛同时具有的残忍与无关紧要:一种可怕的暴力,一种憎恶,因为它似乎穿过一个奇异的在我内部整个的灼烧的时间夹层后才触及我,巨大而独特的疼痛,就好像我不是在那一刻被触及的,而是于数世纪前发生并延续数世纪的。它所蕴含的已然完成并彻底死亡的意味通过将其转化为一种绝对冰冷的非个人的不论生命或生命终结都不能终止的锲而不舍,完全可以令这种疼痛更容易却也更难以承受。当然我并没有在第一时间参透以上种种,我当时只是被一种令人恐怖的感受所穿透,同样穿透我的还有下面的话,对此我绝对真诚:"难道这一切又重新开始了?再一次!再一次!"无论如何当时我由于这撞击干脆地停驻于原地,不论它是如何发生的,这次撞击如此有力地抓住我,以致在由它的发生所展开的那一刻中我感到如此自在,以致长久忘记从中摆脱出来。行走,前进,我大抵能够做到,我想必也这么做了,然而就像一头被打晕的牛一样,我以一种静止的步伐前进,而这些步伐行动是最艰难费劲儿的。真相是这些行动时至今日都是有价值的,经历这一切,我应当回头朝向它们然后对自己说:我还在那里,我已经停留在那里。

走廊通向位于另一端的房间。一切都表明我显得相当迷失,我进入房间几乎是不自知的,亦没有感到自己在移动,我被一种稳定的坠落感所填充,无法看见,内心的安稳与确定感更是遥不可及。我大概在门槛处停驻。无论如何,那里有一个"通道",其厚度拥有自己的法规与要求。最终,最终?"通道"是敞开的,在强行进入后,我在房间中走了两三步。幸运的(但或许这种印象只不过是我一人所有),我带着某种谨慎在房间走动。同样幸运的,自从我确实地进来后,我终于体会到一点现实感。在那一刻,下午的阳光终于开始显现,不过也只是刚好令我能够忍受它。

至少我有这样一种感觉，类似于我在白日的镇定、耐心及其自身特有的虚弱中辨认出的，基于尊重我内部那尚且微弱的生命的担忧。那些我所不能看见的，那些我在最后才能看见的……但是对于这一切我只愿能够快速通过。我常常有一种无尽删减的欲望，一种无伤大雅的欲望，因为要满足它实在是太容易了；尽管它如此剧烈，我内部无边的力量要成全它实在是太容易了。啊！欲望是徒劳的。

关于这个我对她说过话并为我开门的年轻女子，她从过去到现在，在一个无法评析估量的时间内是如此真实以至于在我眼中始终可见。我永远不想有任何关于她的臆测。尽管我必须援引其话语并展现其存在，透过那如此神秘却仍然属于生者的外部境况，有一种令我恐惧的暴力。我删减的欲望，至少是比较高贵的那部分便来源于此。直接跃过本质，这便是本质透过自身向我要求的。如果可能的话，希望事情就是这样。我恳求我自身的衰退单独来临。

对于房间的某些方面我看得很清楚，它们已经与我重新建立了联系；但是她，我看不清。对此我不知道缘由。

很快，我好奇地观察位于床尾的大沙发（我已经在房间里走动几步到达床尾）；我注意到位于窗边角落里的一个小桌子及一面美丽的镜子，但我想不到用何种言语对其进行描述。在那一刻，我正处于镜子旁边，我几乎感觉自己状态不错。如果说白昼的逝去和它在我心中升起一样迅速的话，这两方面剩余的清醒足以向我毫无幻象地展示一切。我甚至能说，如果在这个房间里我觉得有些不自在的话，这种不自在在我对任何人的任何一次拜访，在成千上万的我可能踏进的房间里都会自然发生。

唯一反常的是，没有一个人，或者说我没有看见一个人能对此种不自在进行干涉。于我而言，这种情形十分完美，我不想看见房门打开，走进来一个住在这里的房客。坦白说，我不觉得有人住在这个，亦或是这世上的任何一个房间里。即便是有，我也一点儿没有意识到。我觉得在那一刻世界于我来说已经由这个房间，位于中间的床、沙发和小家具充分地表现了。说真的，又有谁会从哪里来到这儿呢？希望将墙壁抹去将会是种疯狂的举动。再说我没觉得空洞。

可是她，据她所言，看见了我。她就站在沙发前面且我所有的行动全看在她眼里。我的确已经待在门口有些时候了，但完全不是我以为的那一脸失落和茫然的神情；是的，面色苍白、冷漠的表情，"固定"，她说，令人很好理解；但这话仍然多少令人焦虑，即是说我生活在别处而这里仅剩下我永恒的静止姿态。我也确实是走了几步，从沙发旁经过，我走过来好奇地看了看小家具，很显然我对它们感兴趣，我在它们中找到自己进入房间的理由。不，她对我几乎没有注意到她的在场并不吃惊，也根本不介意知道她自己是否在场，因为尽管被拒斥于阴影中带来牺牲，她从对我的真相的注视中得到无尽满足，而我既看不见她也看不见任何人，将自己展现于一个孤独个体的真诚之中。有血有肉地感受真相，即使必须保持隐身，即使必须隐没于最绝望的冰冷和最决绝的分离的谨慎中，谁有这样的欲望？谁有这样的勇气？在我看来只有一人。

为何我没看见她？我说了，我不太清楚缘由。当这个不可能性已被超越后再次讨论它是困难的，更为困难的是，当此种不可能的可持续性不确定的时候。擦肩而过却并未邂逅的人们数不胜数,谁也没觉得这样有什么可耻的,谁又愿意让所有人看见自己呢?但是,我或许就是这所有的人,这巨大数量的不可耗尽的群体,谁又能说得算呢?这个房间于我而言就是世界,对于我微小的力量和意义来说,它具有世界的广阔性:谁会要求一个目光去穿透宇宙呢?当近处都尚不可见,看不到远处又有什么奇怪的呢?是的,不可解释的事物并非处于我的无知之中,而是这种无知所让出的。没能将无尽截断,亦未能在所有的巧合中抽出那可以被称作运气的东西,这令我感到委屈,但也是规律使然。粗暴的运气充满不幸,但是无所谓:运气!我曾经拥有甚至失去过,我仍然永远拥有它。这才是应该令人感到惊奇的。

表面看来事情变得明朗。(表面看来?这已经很不错了!)在我最接近她的时刻,离沙发仅两步之遥,她不仅可以更好地看见我——面色苍白得发青,前额残忍地肿胀,而且几乎可以触碰到我。这种险些触碰到我的感受于她而言是如此奇怪,令她所有其他的念头都消散了:这令人始料未及,宛若她一秒钟前还未曾瞥见的真相。至此她开始用另外的眼光看着我。难道我是存在的？我对她来说或许是存在的！生命，她对自己说，她突然有一种巨大的向我喊叫的力量，当我俯身朝向女理发师的物品时，她确实地发出一声喊叫，似乎于她而言这是从其姓名的鲜活记忆中产生并迸发出来一般；但是，为什么呢？这声喊叫尽管如此大胆，但仍未超越其限度，它并未触及我，且因此连她自己都未听见。或许她已经做出决定。天黑得非常快，她越来越难以看清在房间里发生的事。当然，这是一个房间，但也只是一个小小的房间，确定感不能存在于这四壁之内；何种确定感？她不知道，一种和她自己相似，并令她与透明的安定和冰冷相似的事物。

还有骄傲！一种无权而野蛮的确认，一种与藐视起源的东西签订的契约。啊！那奇特而可怕的镇定。她神秘地经过，远离那些再明显不过的谎言。自我迷失，而后再重新开始这一迷失的过程，周而复始以至无穷。她必然已经体验到这一过程的可怖，她的感受表面看来与一个小女孩儿在傍晚的花园里突然面对黑暗时那种单纯的恐惧相差不远。生命，她重复道，但已再没有人说这个词了，它也与我无关。生命,此刻是一种伴随着这次擦肩而过的回忆而在周遭显露雏形的某种赌博。这次擦身而过真的发生过吗?而这令人惊愕的感觉又会持续吗?这感觉不仅没有消退,更同样以一种野蛮的方式自我确认着,它一直抗议并要求着;它已然开始摇摆,像某种失明的事物一般游荡,没有目的却始终更加贪婪;无力寻找,却始终在一种凶猛的眩晕中更为快速地旋转;没有声音,被封闭,欲望和颤动变成磐石。或许我之前已经预先感受到了。(然而这种预感我难道不是很久以前就体验到了吗?若没有它我还会进来吗?)她伫立在我面前,不似一种空洞的非现实性存在,而像一阵巨大狂风的迫近,宛如一阵有无尽厚度的花岗岩般的激流,向我的前额迎来。是的,然而这冲击却不是一个首次被发现的真相,这朝着我的喊叫声也不是第一回,我所听到的亦不是从未听闻的。唯一我初次体验的是对这种平静的巨大吃惊,那突如其来的使一切停止的安静。它产生了一个少有的间隙,但这意味着什么呢:湮灭后的安歇?末日前的荣光?我几乎没有时间思索这个问题,只勉强来得及把握这突如其来的关于此次擦身而过的真相。我对她说:"怎么?您当时在那儿?现在!"

克劳迪娅片刻后便回来了。我不认识她。在我看来,这是一个性格坚决的人,不太容易妥协,我觉得她和朱迪特年龄相仿。克劳迪娅和朱迪特自小就是朋友,对于朱迪特而言,她更像一个站在身后有着强硬性格且充满才华的大姐姐。她有过一个非常闪耀的歌唱戏剧生涯,实际上她有一副非常美的嗓子,灿烂恢宏却又庄严朴素,一副没有宽恕的嗓音。我猜测她对我情况的了解比绝大多数曾和我接近过的人所知都多。我觉得一开始朱迪特对她说起过我,非常少却没有穷尽。这便是事物阴暗的一面。(我之前对她说:"我想置身于黑暗中。"但真相在她内部言说,在她毫不知情的情况下,且即便她不发一言,她也在言说着;在其壁垒之后,她正确认着某事。)

于是我应当认为她对这次回归是有准备的。至少,如果她被我的出现惊呆,并且我确定她后退了,有一瞬间她试图退回后面,仿佛面对我的在场她已尝试引入一个逃生通道,后者本可以给她提供一个在我之前到达这个房间的可能性,一个可以亲自给我开门并以她自己的方式迎接我的可能性。是的,我认为这个后退的举动是种对其缺席进行补偿的尝试,于我而言,它产生这样一个被我盲目利用的结果:它透过我自身的惊愕和巨大的不安给我提供了一个避难所。当她出现时,解决问题的办法或许在我手中,一切游戏重新开始。老实说,在看到她是如何行事以避免彻底的失败时,我内心惶惶不安的深处一种钦佩油然而生。无疑的,她相当镇定,且这不是一种简单的精神状态,而是一种对于何所知、何所惧、何所留、何所弃的精确感受。也许,她看见并认出我,她灵巧地缓和与我刚接触那一刹那的生涩尴尬;她显然精于此道,但这种灵巧也可能由于那推动我向前的力量的消弱;或许,被斗争的本能所驱使,她自言自语道:"现在,我不会再放开他了。"她联合一切手段切断我后路所表现出一种迅捷性,我必须承认这种印象。我感觉她似乎准确地把握了这一关键之点,从这一点开始我除了按照她认为对的去做已不太可能有别的选择。难道我本可以让人带我去别处,去拜访别的什么人?确实如此,而我没有这么做。但我是否想要离开呢?我甚至不确定她是否已经严重地损害到我;表面看来,伤人的是她所使用的语言,而这恰恰确保了她举止自然的权利。在内心深处,我应当钦佩她如此懂得运用她所有不曾懈怠的专注力独立思考,保持自由和积极斗争;而我,我在斗争吗?这能够被称为一场斗争吗?至少,不是在和她斗争。我不能在那样的时刻将她转移到我自己的中心,她属于另一个人。她于是只能存在于边界,在种种困难变得活跃和真实的界限处。这并不意味着她不重要。相反的,从她自由存在的这个边界,她向我吹送来这些令时间麻痹的忧虑。这种麻痹是她的胜利,这种惰性成就我的战斗。

以一种组织的迅速性(事实上,可能也没有那样迅速,只是与我们这些其他人的缓慢相对的迅速),她将我安置在钢琴对面的长沙发上。她似乎被一种奇怪的念头所指引,又或许是源于一种纯粹的激情和欲望:继续在这个领域充当令人嫉妒的唯一的女主人,又或许是源于一种尽快将我从房间抽离出去的需要。守护我,但首先得确保我在此地之外。(当然了,这是她们的房间,这样的处理是再正常不过了;但是当我尚未离开时又为何这样急促和焦灼?)

当她将我安置在单式间时发生了一件同样令人讶异

的事情：她没有让我一人留在房间里，但是将我们关在房间里。我是说她迅速抽身离去，以一种保留和谨慎的姿态，这或许表明她将不会施加任何压力，但这也有我十分理解却不能精确表述的另一层含义。为了提供一个大概的说明，我可以说公寓只有一条走廊将其分成两个区域，而她却时不时地让人感到这是一个巨大的、荒芜的空间；在这里，不是我们感到自己是孤单的，而是她是单独的、唯一的此地的真实，唯一拥有生命的丰饶和坚持不懈的存在，这才是令人印象深刻之处。同时，她的这种保留似乎在我和她之间创造了一种特殊的联系，好像为了批准一种由我的存在所包含或表达的暗示，她想令我明白我不会遭遇来自她的任何打扰，她不会多说一个字。

如果我再回到这一刻，在那最初的时刻，得益于她有所保留的态度，我们再一次同时在场，但是这次我们被现状残忍地困住而面面相觑，我感到自己仿佛和某种忧伤相联，一种可以把一切罩上阴影的担忧。片刻之后，或许是因为她单独和我相处，她在那里像某种由事物变迁和日常秩序的好意所形成的画面。我看见她表现出一种烦扰，一种忧虑,同时一个不稳定的、轻微的动作和一种冰冷的欢快使她变得不可捉摸:她的呼吸不那么平稳,眼神闪烁着奇异的柔光,宛如某种遥远的怨恨的反光,她的面容有讶异和质询的表情。我丝毫没明白这目光的深度。我自己,我比虚弱更甚,说我表现出不理解那将几乎等同于什么也没说:我不懂阅读她的眼神。我苦涩地返回这快要被一种奇怪的力量压倒的终点的相遇,而这样的记忆不能令我立刻投入快乐的情绪中。我对她说,我对她足够激烈地重复了几遍:"你怎么了?你怎么了?"光线熄灭,我想起这句"你怎么了?"心生恐惧。这是虚假的呼喊,一个被怀疑和冰冷的令人不安的念头穿透的沉重的质询。她在那以后应该已经无法知晓"她是否有什么状况"了。但是,借着这个怀疑,我似乎缓过神来,找回一个孤独、遥远、散落且在时间面前后退的自我,它不用"你"称呼任何人,而且面对它任何人也不能说"我"。奇怪的怀疑,我意识到了,最令人疑惑的幻象,且这疑惑不能反映那由开放的景色无穷地互相替换叠加所生成的意象,而只有混乱中那无果的忧伤,一种激扰着自我封闭并自我抽离的痛楚的不确定性。

我立刻起身，打定主意不让这喊叫穿透夜晚。我几乎不发出声音。然而，在走廊另一端，克劳迪娅已经看见我在靠近。这实际是我们第一次接触；直到现在，所有发生的事情均是徒劳无功。啊！从她观察和等待我的方式里看不出任何亲切友善。礼貌的，因为礼貌允许最大程度的冷漠。但是，更确切地说，我在这种时候起身可不是为了保持体面的礼仪。我步履沉重地向她走去，她可能觉得我们几乎就要打起来了：我对此确信无疑，她准备好攻击我了，如果可以的话将我的骨头折断，一下接着一下地毫不让步地攻击我。她纹丝不动，即便在我与她擦身时已能感受到她的气息、动脉与奔腾其间的血液的时候。然而，就在我以平静的口吻说，"我来拜访您的朋友"时，她突然不再是一块不可侵犯的磐石，虽然故作能够承受一切的姿态，然而真相不言自明，她颤抖道："我的朋友！"而从她的声音中我并未感到一丝嘲讽。一种庄严和不可动摇的信念令其无比坚定，但她混合着高傲、质询与得意的口吻却企图剥夺我指认其人际关系的权利，同时以胜利的姿态收集、保留我的言语，将其作为对其自身权利认同的标志。

我觉得"朋友"这个词令她感兴趣,因为她重复了这个词,而这次更像是说给她自己听的,以某种愉悦的不确定性和讶异。从某种意义上说,我和她的立场相似性要比她愿意承认得多,俗世的狂热也是她的同盟。但她迅速地闪开并低声抛给我一句:"朱迪特!"我听着这话,听到但没有任何反应,因为和她一起时常常发生的那样的事,看着她保卫,不是微不足道的事,而是她的生命,我不能说指责她做得不对。我只是注意到她是以何种狡猾的方式对这个名字一带而过,是为了令我明白不仅她不是容易被蒙骗的人,并且我以她朋友的名字大声呼喊令她具有某种优势;其实,这是为了给我自己保留这个名字。然而,她的耳语令我不自在;她先前有所恐惧,所以试探着靠近,尽管如此顽强固执,她也曾害怕去把握:是的,她已经下了注,缓慢地,目光不曾离开我,好像为了如果风险变得太大时将其收回。这算什么呢?我承认她令我措手不及。

更令我迷惑的是,不一会儿她便将彻底地改变态度:仍旧礼貌,然而以一种没有阴影的、魅惑的,能够和蔼地忍受这可怖而不合时宜的世界的礼貌。在这样的时刻她是完美的;本性的自然流露使她的行为举止获得安定感,且如果她做了什么疯狂的事——她很可能会那么做——那也会被她如此自然公正的外表所掩盖而不会被发现。"我来喊她,"她说道,眼神微微闪烁;她开始参与我的行事,然而没有任何恶意,只不过是为了将其规划为日常真相及可以立刻实现的范畴内。不错啊,我对自己说,但她几乎是美丽的;到目前为止,我还几乎没有觉察到这一点。她那应被称作和解的欲望的特质,正使她面前的那个男人愈发随和通融;自然优雅的仪态、淡定从容的举止将我不动声色地吸引进她们的游戏中。然而,我没有忘记在我刚刚起身时她已然处于她应当身处的位置,那种非同寻常的几乎不可能的迅捷,我于是有点儿莽撞地问她:"是不是我吵醒了您?"——"确实是挺晚的。"她生硬地说,低头转动着门把手。"有什么不妥吗? 您身体不适吗? 您不睡觉!"她从我面前迅速走过,推开一扇门,说道:"我在厨房有成套床铺卧具。"厨房? 一个呼喊在我心中响起;"给我一杯水"这几个字向我传来,伴随着一种可怖的冰冷。我步履沉重地在她之后走了进去,好像我正继续着下午的旅程一般。

"给我一杯水。"我说,语气僵硬笨拙。她此刻正在打开一个小储药柜,走向另一处家具,拿起一个杯子擦拭起来。厨房并不大,以我俩的身材彼此肩肘相擦实属正常。"我应该给您加点儿别的什么吗?"她将半满的杯子举至面部高度。此刻她的口气像某个正服从一个强大却并无威慑力的命令的人。"不。"我对她说,"今天不用!"

我边喝边感到自己的口渴。水起效太慢了,那焦渴的感觉令人不适。我在一个小圆凳上坐下,看了一眼这个女人。"水来得太慢,得需要点儿带酒精的。"但她表示这里没有。"以前是有的啊!"这个对过去,对一个男孩曾支配这里的往昔的重提可能在她看来实在是上不了台面之举,但我确实不该过于介意自己的焦渴。也正是这样的心绪令我挑明局面,在那样的情况下含蓄几乎没什么意思。然而,令我自己吃惊的是,我的表述竟然以一种善意的言辞作为开端:

——"说吧,亲爱的,我此刻在这里真得给您添了这么大的麻烦吗?"

或许我那时没有能力监视她的举动,且在此期间我更多是通过言语体验她的存在,但是我相信她脸红了——微微地,我感觉是"亲爱的"这三个字如此奇怪地打碎了我俩之间的隐形玻璃。总而言之,如果说她会脸红的话,她的回答却没有丝毫犹疑胆怯:

——"为什么呢?"她凛然地反问(但在一个严肃的沉默之后)。"这倒是确实该好好等着瞧的事。不过就目前看,麻烦还不是太大。"

——"就目前看!但你认为事情能保持在目前的状态吗?"

她迅速地回击道:

——"这是可能的!它们只想要保持原状,——除非我们阻止它们这样。"

——"对于事情本身来说确是如此。"我让步道,"它们宁愿如此。那么,自然地这样是您想要的吗?"

——"想要什么?"她犹疑地问道。

——"想要事情保持原状啊!"

尽管我的提问如此尖刻,她却并不回答;她似乎决意在我面前回避谈论一切关于她想要的和不想要的。于是我粗鲁地步步紧逼：

——"真的吗？这是您想要的吗？您的愿望强烈到这样的程度？"

——"是的，"她生硬地回答，"超过我对全世界其他一切的欲望！"

紧随此宣言之后的静寂无法真切地展现她有多么的出人意料和令人震惊，正如我为曾激怒她感到震撼和不自在，进而对她心生敬意。如此的坦白和对真相忠实的接纳怎能不令人心生好感？我几乎想都没想便说：

——"这样啊，那么我们现在该怎么摆脱这个局面呢？"

——"摆脱什么？"

她似乎沉浸到——或者是我自己——她自己刚才的反问中；我很明白她现在正打量着我，权衡着这句有极端色彩的、肯定性的、富有立体感的问题，这提问在那一刻变得对她而言比世界其他一切都重要，她领会到她眼前这或许称得上宽广的一切只不过是她自身的广袤的一个影子而已。

——"克劳迪娅,"我说着并果断地站起身,"我担心对你而言我是个不讨人喜欢的家伙。比您想要承认得更加不讨人喜欢。但是现在我们中的任何一个都不能抹去它了:某些事情发生了。"

——"某些事?"

——"对,就是我现在在这里!"

——"当然,"她面带着坚决的微笑说,"您在这里!好吧,或多或少可以这么说吧。"

——"确实如此,或多或少的!这样说给您留有余地。或多或少的!您知道,您有权自行选择。"

——"选择很久前就已被做出。"她以一种富有穿透性的目光盯着我说道。

——"真的吗?您的意思是……"

——"意思是您没法像这样抽身:您在此处,您在此处!"她紧接着说,以一种激烈的欢快口吻。"老实说,您相信这样能使您有什么进展,如果……"她犹豫了,我感到一种痛苦的紧缩感穿过她的身体。我似乎要对她喊道:"别说下去了!"但她以坚定的口吻接着说:"如果您在这里只是为了我。"

我无法阻止我自己,我接近她,这挑衅性的言语对她自己的伤害不比对我的小。在这张脸之后究竟是什么?是让事情停留在目前状态的唯一的愿望?是对我也已经出局的确定性?奇怪的面孔,它任由你贴近审视却丝毫不泄露自身秘密;不,甚至都不能说是一张矜持而有所保留的面孔,因为它如此一览无余地展现在你眼前,这彰显了我失败的冰冷的画面。在这一刻我感到一种压迫,它来自周围情境引发的一种令人吃惊的某种对似曾相识的唤起,这压迫因其中某些我无法确知或追溯的东西而变得更加难以承受,它以一种不是为了警告而是为了忽视我的仓促袭来。我在她身旁站定,背靠洗涤槽:就在我面前是储药柜那泛白的玻璃窗。我努力不去看她,最后说:

——"这里只有我们俩,这就是您想让我说的话?"

——"嗯,差不多吧!"她以同样鲜明的口吻回答道。"这当然不是真的。我设想您并没打算这么做,而我……"她的声音黯淡了下去,成为一种令人难受的低喃,而后又从她似乎可以毫无顾忌地流畅表达的另一处升高。"不然的话,"她接着说道,"我们也不会一起待在这里,而这番对话也将是不妥当的。"

——"我觉得,您对和您对话的人物缺乏亲切感不是吗?"

——"确实如此。我可以和您这么说:尚未有这种亲切感。但我担心事情会停留在目前的状态。"她沉默片刻。"我认为最好不要让这事儿停留在目前暧昧的状态中:我不清楚那些琐碎散落的情感,而且我对您的世界里发生的事情不感兴趣。"

她以如此生硬直白的方式挑明情况仍然令我吃惊。

——"我很遗憾,"我只对她这样说,"不能够把刚才您对我说的话原封不动地还给您。但即便我留下来您也不会有任何损失。而现在,请您在这一点上也对我坦诚:难道您不想看到我真正地离开吗?难道您不会感到如释重负,如果我突然离得很远,尽可能的远?"

这问题出乎她的意料,她似乎有片刻的恍惚。

——"您是想说:一走了之?"

——"一走了之!"

——"但您会这么做吗?"

——"是的,我准备好这么做了。"

——"您真会着手此事吗? 不,"她摇着头说,"我不相信您,所有的男人都是虚伪和擅于谎言的。您也一样,您在撒谎,我知道这一点。"

——"是吗!您怎么会知道?"

——"我知道,我知道,"她执拗地重复着。"我永远不会相信您会离开或是最终地远离。"

——"不要相信我。我不会握着您的双手起誓。我的离去亦或是返回都视情形而定。但不论您是否明白我言语中的谎言,我都对您说:我会离开且您再也不会听到我的消息,如果这样能有所帮助。"

——"对我有所帮助?"

——"对你们。"

这话比我预计得更严重地激扰了她的情绪。某种火焰,如暴烈与充满嫉妒的火苗般的高傲闪耀在她的双眸中,令其显得无比黑亮:

——"您得知道,"她以尖利的声调说道,"不论您是否在这里对我而言都没有区别。我的生命只会为所有对它而言微不足道的事情改变,而对于所有重要的事情而言它是不变的。如果有必要的话我会再见到您,这也不是不愉快的,因为和您面对面地交谈是件愉快的事情,尽管您不是为了见我而来。我所拥有的我将永远拥有:您无法从我这里拿走它们。您所没有的,您所失去的,您永远也不会拥有。您已经说了:我们是孤独的。但是您比我更孤独!"

我觉得她说的差不多就是这些。但实际情况是我可不会对此有任何保证。她这一大段独白富有某种戏剧效果,而她的怒火已准备好向我喷射更可怕的真相——这是因为愤怒吗?或许是一种苛求,一种绝望的能量。而就在她话音刚落时,一件本应该是最不会令人意外的意外发生了,它令我们如此吃惊,以致我失控地扑向她,将她抱在我的怀里,而她竟也没有试图挣脱。这件紧接着她愤怒的言语后发生的意外是:房间的门开了。我们两人都像是被这世上最怪异的事情震惊了一般;或许是因为这声响如此微弱而胆怯,相对于我俩的对话又如此遥远;又或者这暗哑的沙沙声之所以如此怪异,乃是因为其突然发生在我们视线所不及的几步之遥,却又是在那黑暗的现实空间里。这种怪异源自一种在我们的言语中暗自成形,或是我们本可以在内部镇定地搅动的某种未被泄露的未知;可它不但现在令我吃惊,更令她感到恐惧;与此同时我们突然注意到出现在我们身后窗外空辽的黑夜里映射出的隐藏在我们思维背后冰冷而可怖的生命真相。我对发生的一切很肯定,并且我们共同的反应也展现了这一点:不论是对于我还是对于她,在此刻那兀自行动,并以如此安静的方式打开房门的事物和一个念头一样可怕,而这念头很可能对于我和她来说并不相同,但相同的是在那一刻无论我还是她都无力承受它。片刻后,我向她示意我将轻轻地走出去。她以某种无意识的眼神看着我;但就在我刚要转身,她一把抓住我,以一种难以置信的紧张的力量将我固定在她身旁。这是因为恐惧? 一种生命的苏醒? 又或者,这一点我立刻就想到了,尽管在那轻微的沙沙声再没有别的声响,她一定已经意识到我突然的接近很可能惊吓到门后那胆怯而惊惧的等待者,甚至会引发危险:对于这一切她有着最纤敏的感受;她给人一种印象,那就是她比包括我在内的任何人都懂得在隔绝的后面可能发生的事，就好像在以高度的专注力不分昼夜地窥探和监视那些她遗漏的事物之后，她成功地再次征服了现实的一部分。我于是紧紧地靠着她，双眼目不转睛地盯着厨房门。被这只颤抖的手紧握而不能自由行动令我开始觉得不自在。到那一边去，正如我在大白天会以镇定而自然的方式所做的那样，这一切在目前的情况下都是不可能的。我非常清楚这一侧的安静很可能对那一侧来说显得十分怪异。自从黑夜降临，我们愈是延长这种静谧，它愈是变得难以被打破，恶化甚至变得充满负疚感。我立刻就识别出了这种变化，当她令我面对需要被揭示的真相成为其恐惧、惊讶和掩盖的同谋时。或许她什么也没有策划，而我只不过被迫面对在这次交谈中显露的自身的掩饰和对真实事件的漠然；然而结果却是一样只对她有利：结果是我任由自己孤立无援地困在两个寂静之间，一个是分离的、放逐的，迷失在一个荒芜的远方；另一个是贪婪的，充满占有欲而不可动摇的，——而后者尽管我和它只分享了片刻的默契却终于彻底压倒我，以致令我不能再和其分离，宛如一个不能被言说的过失的深渊，我在她放开我独自走向前时清楚地明白了这一点，她既不介意我的在场也不担心被跟随，她就这么自然地走进门厅而后进入卧室，后者的门再次关上。

尽管不如之前巨大，我的失望之情却是实实在在的。她将会离去。我也一样，我将会走进门厅，从那里走上安静的维克多路，沿着下坡走向在这个时刻会令我愉悦的歌剧院，我将会非常幸福。我非常清楚地看见整个场所在怎样的光线下展开，这些道路在这样的时刻逐渐展开，不是像我们以为的那样鬼祟躲闪，而是充满极为友善的亲切感；这是世上最美好的时刻，在此刻任何人都能愉悦承受永恒的生命。我对自己说：片刻之后我将会到那里，且我感受到一种巨大的愉悦感。白昼！这些夜晚街道的瞬间都是白昼的荣耀，在树木已经点燃的火焰处，在人们四散而去并燃烧于那尚不自知的白昼的颤抖中。我看着这一切，我经历这一切，我曾经历过这一切。我伸手便可触及它们，这些对我毫无需索的时光；我对它们亦毫无需索，除了能够在经历它们后自己仍然不受到伤害并且能在我了解自己之后再忽视自己。而这一切都是真的，这些时光就这样在我之外流逝；而我也在它们所不知道的情况下愉悦且以一种被抹去的形式通过，同时抹去永恒之物：独自一人？独自一人！我的衰落对于这一切就足够了。

这一切曾持续，那古老的滑稽剧：最后的时刻，幸福的时刻，却从未是真正最后的时刻。我认出了它，一直以来都如此完美的幸福，带有那最愉悦与最自由的明亮。但现在它在玻璃后面是如此愉悦而遥远，再次融入了世界的进程中，没有因为像我一样被愚弄而带有任何怨恨。总而言之，夜晚是什么呢？是那不令人讶异的事物，我怀着一种难以表达的愉悦感情在这样的时刻醒来。是的，这一举动穿越了夜晚，它源自这些时光中的善意，这失望中的充盈，且它再次从那阴郁的未来中诞生，从时光的欺骗中诞生，且从此中来，在一切之上，将永不会有任何足够巨大的失望。失望是不可能的，我在清晨镇定地意识到这一点。

根据我的记忆，我只能回忆起这巨大的安静：公寓很可能随着新一天的到来就此敞开，面对着我所认为的克劳迪娅的那一侧，一种礼貌地回应她带给我的友善帮助的义务，那朝向洗漱间的折返；一种确定感：我的在场被以一种不可思议的方式"迁移",就好像她已经对我说过一样,而后我便有这样一个印象:从此我将必须扮演一个角色,在她的助力下(不论怎么说我都是她的客人),一种理性生活的表象将以我为蓝本,即便这将是具有喜剧效果的。所有这些,包括那袭来的睡意,而在那笼罩而来的睡意的另一侧,我继续听到那些谣言和沉重的脚步声,或许是从洗漱间传来,那些忽远忽近、模糊闪现的面孔,我感到身处某种隐匿的注意力的中心,而问题的关键不在于一种擦身而过的充满敌意的监视,而是某种更可怕的事物,以及那个之前延误我行动的紧张的拥抱所带来的回忆有某种奇异的相似性;而现在再一次地,在所有向着睡眠的深渊危险滑行中,我仍然处于这种紧张的状态,总是在最后一刻被一种充满不可动摇的能量的决定所挽救:这些印象和千百种其他的感受,都像发烧一般,好似那些没有真相的闲聊,亦或是时间带来的充满嘲讽的磨损,它们很可能降临并且再降临到我身上,以证明一个尝试熟睡的人的徒劳努力,所有这一切也陷入了同样的寂静中,后者不完全是休息,而是一种深刻而富于活力的事物,它将这一切调和于它们巨大的动荡的野性中。克劳迪娅自身也不能逃脱这种寂静，又或者它只存在于我和她之间，所以她在我面前不再那样紧张，也不再那样礼貌，或许更加兴奋，来去更为随意，好像某个接受了时间的法则并不再准备刻意做些不必要的事。或许此刻她更为自信，也对我更有信心，既然她已经测试过我的弱点；然而这不是她的风格，她不是这样轻言放弃的人，她也绝不会只因为赢得一个夜晚而以胜利者自居；借由她警觉的耳朵，她比任何人都听得更清楚所有寂静中的声响，它们正侵袭她精心营造的介于我和她的命运之间的这个夜晚的纯粹性。事实上，也并没有那么多的问题。我能够使她放心，比如任由她以其想要的宁静方式自处，并赋予她在任何她喜欢的时刻无限并自由攻击的权利，且不以类似下面这样的问题烦扰她："刚刚发生了什么？明天呢？然后呢？我是不是最好……？"这样的生活以最自然的方式流淌，并且如果她经历了什么特别艰难的时光，那是因为我们中的某人开始粗暴无理地对待她而且打算从她那里索取什么，既然终结是必须的。

自然地，这样是无法持久的，而且我们在那里也不是为了树立我们的小圈子：正相反，每个人都寄托于即将来临的解脱——这"即将"与时长本身毫无关联——但我们对此如此笃定以至于一种瞬间的毫无根基的构建也显得十分坚固。事物的此种状态不是任何人的杰作，我的意思是说没有任何人会转过头凝视它。我不知道外面的人是怎么想的：肯定什么都没有，因为他们什么也看不见，但必须强调那些身处其中的人也不能看见自己的身后，或是放弃他们视界的深度以换取某种由清晰严格的判断带来的乐趣，尤其是在这样的时刻。这个判断萦绕在我周围，那些在任何时刻我都必须提高警惕、小心回避的诱惑和陷阱，这情形已经不能更清楚了，即便是在我意识到这一切的此刻，我只掌控我的话语，而不是我的所见。但是从此，尽管偶尔我几乎就要看见一切，以至于为了不让自己迷失于这包含一切的画面中，我不得不向自己强加一种可怕的让自己处于某种被动状况的努力，从此刻起——这可能是一个漫长故事的结果，然而更是某种并非出自我手的作品，且我似乎只有在那一时刻来临的时候才能彻底领悟——我赢得了这个权利：执着于那只存在于凝视中的激情,尽管它是无果和不悦的。

我们在等待吗？我不这么认为,或者说这是一种从时间的角度看来带有一种怪异的谨慎的行为,施行这种行为时每人有自己不同的方式。这种行为旨在缓解这种无果与不悦感,通过将每个时刻变得辗转难安而后又使其被后续迅速忽略。能够持续的机会之一,是在此中唯一积极的人拼尽全力使事物维持原状。因为一些尚不明了的原因——这是我所不愿意回望的区域之一——就好像她已经突然有了这样一个想法:身处我们现在的状况,回到从前不再可能,至少不能直接回去。通过一个充满力量的决断,她必须停止一切,令局面停滞,或干脆将其延长并孤立以使得所有可能发生的事都将处于其控制之下并符合她的观点,更又或许是怀着这样的希望:被从本源切断而失去控制地漂移,这个如此令人感到威胁的局面将会在一种没有未来的平庸中分解。这是否就是她的逻辑呢？不如说是我的想法吧;某种我无法参破的事物在推动她。但如果说我不太明白她在想什么,那么即便是在熟睡中我也一下就看出她是如何敏捷地在表面上振振有词,而实则在我们的周围建立了坚固的条条框框。

剩下的就太过纤细精巧以至于看上去根本不像是自发产生的（不论是由她的身躯产生的防卫本能或是她刻意为之），就好像她从未展现过其控制占有未来的企图。我隐隐感到我的驻留并不是为了通过预见其持续性而使其变得不可终结。更重要的是，事情以此种方式存在以致离开或者甚至有关我到达的回忆在此时此地均没有任何意义——但是一切均是为了那一个时刻，后者通过将视野限制在一个特别短暂的时间内而赋予其一种非凡的重要性。据我所知，曾经有过特别令人愉悦也有过令人痛苦的时刻，我感到自己如此牢固地安定于其上并远离所有人的视界，以至于如果被询问关于我在场的理由，我将会果断地回答："这个啊，它正在继续！"它可不仅仅是继续而已，然而关于那"确实"发生的事情，即便能够找到那些超越我表达所能的更为确切的评论，且从我个人观察世界的角度来看它们已然足够，我仍从其中辨别出一种大大超越其表象并和其过去的深远回音遥相呼应的威权性。

我认为我们正在互相耍弄，但将欺骗程度降至最小。

如果我想向自己展示每个人的存在的方式,我首先只能在其中收获这种怪异性:那些于我而言仍然在场的时刻,它们于我而言永远是简单而愉悦的,以一种令人惊奇的方式。当然,因为彼此各怀鬼胎,不论克劳迪娅还是我都不可能有这样正直的语气:说到底,她的嗜好是监视我,而我沉迷于逃离她。然而,在这场编织地毯般的工作中,这个我们以自身的姿态一丝一线"缝织"——宛如精心编织的可用作博物馆装饰的地毯 ——一种在我们之间循环的完全自然的生命使我们僵直而拘谨造作的姿态逐渐消失。必须得说,在一个表面看来如此虚假的情况下,这种自然大方更像是一个由回忆施加的魔咒,一个关于那些更加不真实的存在者的真相的回忆。就我而言,我既不可能十分具有预见性,也不可能特别难以相处。我已经既往不咎。而在这之后,我所剩下的似乎只有对于一个面容的凝视和对于一个身体的触碰的想法,而完全没有留住它,更没有询问这张面容在我身上看到什么的想法。从我自身来说,这是一个仓促的行动,那瞬间的再没有任何牵挂的活力。我要求什么? 在某些时刻,我可能会找到这样一张十分矜持的面孔,这样一次十分遥远的接触,以及这一种被奇异地分享的如此完美的善意。然而这些时刻在我的存在中没有任何位置,因为它总是被缩减至一个时刻:独一无二的时刻,带有别样的愉悦感与重要性,令我感到全部的空间,从最远的到最近的,整个被某个鲜活图像的现实感所占据并为我按照这个广博图像的尺寸展现这个世界。生活在别处的人一无所有,然而别处对我也未有任何诘问。通过一个极其短暂的接触我粗暴地将一种确定性和一种没有任何限制的应允所带来的亲密感吸引向我自己,我没有任何其他需要,我也没有任何别人所没有之物,尤其是我没有什么比别人延续更久的东西,除了那些界限,它们也和一般认识中的界限没有区别:我不能在这方面被欺骗,至少在这一刻的能量仍然持续的时候。

在我们相处的融洽程度方面也可能我正在自我欺骗,"相处"这个词可能尤其展现了我自身行动的亢奋和无知。对此我不能决定,但这些是无知而不是殊死搏斗的时刻,这一点是确认无疑的。我非常清楚地记得在我们俩之间存有某种活跃而生动的事物。比如我看到这样的画面:在我对面的钢琴上挂着一幅朱迪特的肖像画，创作于一个我和她还不曾相识的时代；这是一幅精彩的作品，我怀着愉悦的心情欣赏它（这应当是上午快结束时候的事情了）。柴火在我右边的某处开始燃烧，某处，然而更近——我能够触碰它——一个鲜活的身躯，直立着且面朝火焰；柴火放肆地燃烧着，它的火焰遮盖了白昼。我将手伸向这个躯体，而当我的手指回落到其髋部高度的时候，我感到一种植物性的干燥热力的灼烧（源自火焰的放射），这令我感到她正安然地被火焰灼烤而不自知。我对她说出我的想法。然而令我极为高兴的是，她知道我对于整堆柴火怀有的意图后十分满意并递给我唯一的那令人充满活力与生机的部分，一根小枝杈火热的顶端。她热爱火焰，她在涉及火焰的生命的各个方面均十分有才能，这是专属于她的使命之一，她准备将这火焰变成一件精彩的事物，"一个巨大的火焰"，她边说着边直起身（因为之前她正跪在火苗前为了更近地观察它）。"看，看！"她指着我手中正开始燃烧的小树杈，情绪极为激动，而我也感同身受，这是令人震撼的，这风暴般的震颤。

这友爱的习俗是在哪些时刻被超越的呢？我不能确切地回答，但是就在同一天的这个早晨，我感觉它们已经消失了。信号之一——之后它会改变——就是我们是最经常在一起的，宛如某些彼此对于对方来说不可或缺的生物。这种基于常识的决定是值得钦佩的。局面的必要性以一种危险的方式将我们置于这同一个屋檐下，在这个如手帕般大小的公寓内企图通过分散于各个角落来回避对方是荒谬的。导致我们彼此投向对方的风险源于谨慎和自持，而非一种对现实的坦然承认。当我意识到没有和克劳迪娅在一起的这个事实——确实不总是这样——它以各种各样的我之前说到的不适感体现出来——对此我并未觉得吃惊，我感到为了在一个艰难的时期如此完全地掌控自己的生活，一个人不时地向克劳迪娅求助是很自然的事儿——这样的话，那我干脆直奔主题。我不想再次重复那些诸如，"您怎么啦，您怎么啦"，也不想用提问去激扰一个不愿意自我展现的纷乱。我也认为在这样的时刻交谈于我而言已没有任何吸引力：它需要太多的时间，太多的漠然，以及对未来的兴趣，而我的欲望不是通过知晓而恰恰是在无知的瞬间闪现。

是的,这些时刻以某种特殊方式令人愉悦。她们两人都就在我眼前生活着,其中一个的落落大方的姿态又从另一人身上调动出一种卓越的友善。这种活泼与生气就这样固定在我回忆里的某个阳光灿烂的早晨。公寓里直到下午两点都会洒满阳光。午餐常常很晚,且每次当它结束时我都会觉得紧张且情绪更低落。在下午我会听见克劳迪娅的声音响起,这美丽却不带有幸福的声音,很难不让听者心生疑虑。她用几种语言演唱(她自己就是外国人);她的歌声并不仅仅蕴含品味,甚至有时根本不带有任何品味。当我有力量陪伴她听她试音的时候,我感到戏剧化的唱腔使她显得夸张而过度。或者被成功所包围的她一直都是那个卓越而无趣的,对自己真正才华一无所知的歌唱家。特殊的才能在一种突然的冰冷中展现,一种近乎于某种无法觉察的渐行渐远的声音带来的更为抽象的唤起,却丝毫不带有低音区的通常特有的煽情。我听过那些哀婉的和无名的苦难和谐相连的声音,我曾特别注意过它们,然而这把声是漠然与中性的;盘旋在一个特定的音区,它如此完全地摆脱所有的浮华以至于它似乎失去自我：精确的，但那是一种彻底让位于否定的带有致命性的精确。或许是短暂的时刻；诚然，既不打动人心也不引人入胜；一个细小的事物，它完全不介意作品本身的质量，它发生于音乐背后——然而却是音乐本身的一刻——它让我们感受……但感受什么呢？它恰恰令我们感受到极少的东西。她的朋友对她说，"你的声音如此贫瘠"，亦或是"你唱歌毫无感情"，以及一些其他自戏剧时代就通用的表达方式。我自己都不明白这如此贫瘠的声音究竟有何价值。歌唱的仪式令我厌烦（很久以来歌唱于我而言就代表着失望）；我忍受着歌词的欢乐和空洞，然而这恢宏的声音，宛如皇家墓穴，将我强制地带入一种博物馆式的存在。可以很自然地不听她唱；我疑惑她是否真正介意有人倾听；她或许正缅怀着剧院，乍一看她的退休是不理智的，然而她真的隐退了吗？她曾经提及过那些录制唱片的经历，或许她现在正在彩排？是的，她应该在工作；这便解释了她并没有在真正演唱，而是在探寻某种作为开端的事物，一种属于她自己的歌唱的希望。这样我便有了如下印象：她正立足于自身的学识和储备,以便更好地解读一篇困难的文本。这一发现,这种因为她正在温习研究而令我感到对她的歌唱而言毫无存在意义的感受,已然昏暗的天色更缓慢地加深:任由我自身滑向这变化中,我感觉我被某种变成了云朵的事物所击中,然而是一片令人惊异的云朵,非凡的坚固而真实。正当我看着它前进时,一种已经听过这曲调的感受油然而生——她正以一种协调而遥远的德文歌唱——这感受在我面前穿过,它是一种对于我们所有人而言都更为强烈的光芒,凝聚于其自身并从下方将我们照亮。*Es fällt kein strahl.*(没有光。)我应该是在那一刻发觉她不可能需要唤起这样一段曲子,如此古典。她的声音精妙绝伦,富有一种非凡的内敛:她也已然收起了翅膀,她的飞翔被一种更为罕见的元素所包裹保护,她的飞翔因为唯一的纯粹的歌唱的幸福而继续,而她自身在等待,在以不可动摇的姿态确认:歌唱不会开始。

我不记得在这个问题上我曾向她表明过我的任何意见,至少在那一刻我不记得了;她并未期待我这么做,而我也没有这个打算,我不期望自己能在这一问题上表达任何看法。一般说来，这的确也是这样的生活中令人愉悦的方面之一，她从不对我要求什么，她避免对我的质疑。她在我面前说话而不是为了我而说话，这种方式中有一种隐含的我所欣赏的一种欲望：不将她们的生活以超过我所期待的限度强加于我。看来她们在这方面走得很远。从清晨直到"茶点"已经送回厨房的那部分时间，穿过卧室直至盥洗室，在一种欢快的懵懂中流逝，但她对走进这个公寓毫不介意，看起来如此自由，就好像一个她不认识的男孩儿根本无法看见她一般，这是一种在她的朋友的习惯中都难以观测到的自由。令人吃惊的并不是她自由的姿态而是这一切进行时所包含的低调与谨慎，靠近、远离，变成被遮盖的画面，又揭去遮盖，却始终被某种非个人的气质所遮盖；她以难以觉察的方式在我们之间放置了一种富有保留的矜持，这比任何墙壁都令人更为自由，因为我的目光总能穿透到屏幕之后找寻她，然而在目前，当他发现她正在思考她的衣着打扮时，他除了"就是她"之外什么也意识不到，后者很自然地不可能将已四分之三的衣服褪去。

她们各自有自己的家务事。"我将做这件事 —— 我将做另一件事。"这和未来的宏伟计划,神圣的和另一个世界相连的决定一样重要。"我将拜访木材商! —— 我将到洗衣工那里去! —— 我将和看门人谈话!"这些言语在清晨从她们的茶杯上飞过,宛如永恒的誓言。"吸尘器! —— 渗漏的水! —— 堵塞的垃圾管道!"而结论,即整件事中最为凄凉的是:"莫法夫人将把这一切都清扫掉。"门开门关,嘎嘎作响。谨小慎微而又好打探是非的气氛不断地紧随着她们,貌似忙碌的、游手好闲的,这一切无非是为了赋予她们的来去些许柔和的矫饰。她们两人脚步匆匆,并均蕴含某种不稳定性。这一切都好似一场寻宝,那些折返、停顿和跃入水中,穿越空间的耳语,一种只会使踪迹迷失令其追随茫然的漫无目的的连续性。"什么时候它才会被发现?"它已经被发现了!这里和这里,每分每秒。有时,她走进来,看着她的双手:"那么我在找什么呢?"一条手帕、一枚胸针、一根别针?无所谓,每次都是这个,能够令这双空虚的双手满意的财宝。"轻柔地,一把声音滑进来。—— 轻柔地?"醒来,那巨大的静谧。

我这样想:在我醒来的时候,我发现某人在我身旁。

这必然是开始的时刻特有的魅力的一部分。但我不能向自己解释为何这想法如此令人不安。

我必须说另一件更严重的事令我担忧。讲述它？那我得追溯到一个真正的开端。我曾在一个特别的时刻特别的日子要求某种帮助，徒劳地。"在某个给定的时刻"，人们都这么说；但这个时刻又何时会被给予我呢？

然而我的慌乱不安变得如此巨大以至于我尝试，不是去弄懂它，而是在生活中回避和延迟它。我不缺乏力量，我照看好自己的那些琐碎劳动，每个人都是这样生活的。有时我会透过玻璃窗长时间地注视犹太教堂那残缺不全的外观（人们还记得那颗炸弹）：这黑色的墙壁，这些支撑亦或是封闭入口的厚木板，严酷的画面。的确，真相不会轻易死去。

因为我们生活在一起，我对朱迪特的脸庞也见得同样多。日常习惯并未磨损它。美丽？我想它曾经是的，但是看着这张脸和描述它是两回事。（我绝对不会给它拍照。你们也可以确定我看它不是为了赋予它情感。）为了多少能关于这个问题说点儿什么：我感到她异乎寻常的显眼；

她闪现在我眼前,那令人着迷的愉悦,永不枯竭。

令局面变得可怕的是我 —— 且我们每个人都 —— 处于那些快乐感受的极限。我们还能够走得更远吗?更远!而我们恰恰就身处于这更远处。欲望需要我们走得更远?欲望还妄图永恒呢。

我在一种可怕的颤抖中醒来,所有的苏醒都多多少少伴随着某种震颤。而这种带有更强大、暴烈与诙谐力量的震颤于我而言却是不陌生的。它对我的恩情是无穷的。如果没有它,我的欲望又如何可能存在呢?一种孤独的、扮鬼脸似的模仿。但它将我抬起,作为白昼,它的颤抖是白昼的颤抖。照亮,揭露,是的;看见,一种巨大的愉悦;然而欲望着,直到最后,只有这一种震颤令我相信一切将会存在。

我站起身,向窗户靠近几步。因为炉火已经点燃,我很容易地便点燃了小树枝,但是,在洗澡间里,寒冷以及一种洞穴般的阴暗(这并不是已有电力供应的时代)令我迷失方向;这震颤 —— 颤抖到此时只剩下震颤 —— 以一种十分奇怪的缓慢速度在我内部扩散 —— 像一块沉重的台布，一个如此僵冷的步伐，一个低于我音域的声调，这个侵袭的过程令人不适。我翻倒在地。我必须回到房间去，我并不觉得自己在行走，我正在吞咽着空间，我将其变成水；醉了？一大口虚无。我已然安静地倒在了地毯上；我半睡半醒；片刻之后，我并不费力地穿好衣服，只是即便是最轻微的举动都令我被这种震颤带来的令人眩晕的迁移感所钳制，它丝毫没有离开我。

后续？不幸的是这并不是一个故事。或许，因为缺乏耐心，或是耐心过度，当发觉自身与这空洞的一天相连，我曾希望这一事件从此以后对事情有引导作用。"震颤决定一切"，这便是休息时的体验令我们感受的。但是我有一个开脱的借口：震颤的力量本身的善变与古怪。它不会禁止我什么，也不会和空间产生任何摩擦，更不会随着我的心愿行事，但是，当时刻来临，它却穿越无数的深渊将我散落其间——然而这才是其古怪所在：变幻诡谲，它于我而言却仍未超越那一个震颤的真相。我的力量暴露了我，然而它们对谁不忠呢？对它们自身的局限：更确切地说是过度，令人绝望的广袤。

我将一小片木头扔进燃烧的炉火。在此刻我感到极为不适。我在下沉。再次回到床头——但我停留在床边，站立着，好像忘记了该如何躺下。在各种不同的间隙，我被一种强迫性质的哈欠所侵扰，一种不仅仅局限于嘴部的痉挛。为了氧气？那我还不如倒下呢。但是，恰恰相反，一种令人吃惊的愤怒将我托起，我全力支撑住，尽管我更想向门冲过去，这扇门是可悲的，模模糊糊的白色，在整个场景中反复出现，而那摇晃的力量烟消云散。这一切都像一束光线一样被吹散。因为震惊，我感到那儿有一种空缺，但那仍然令人十分沮丧的是某些事物仍然被困在陷阱中：在天与地之间，正如人们所说的，我用德文在脑海中复述这句子，*zwischen Himmel und Erde*（天地之间）。我应该在片刻之后平静地躺下了。

"平静地"很可能意味着自此以后一切都可以在此开始。我确实再次带来了一种激扰（我们暂且这么称呼它），它使完全平躺着的我感到一种被粗暴钳制的亲密。在晃动肩膀并思索在何种程度上在此处徘徊的同时，那奇怪的震颤似乎已经变得驯服和不具有攻击性了，我被一种愤怒的情感所触动:它已经向我,向施加在我身上不由我控制的权力让步。打开窗户,纵身一跃,这是那些需要将自己在风中燃烧的人们的一种选择。然而它淡定地嘲笑着如此幼稚的举动。

另一个令人不悦的印象:这还是大白天,且需要强调的是,这就是一个十分明亮的白天。我看着它,却没有任何其他可做的事情;在玻璃后面,似乎发生着一场令人惊奇的冒险;是什么?我所处位置不佳以至于不能了解情况,然而种种反常的迹象已十分明显。我想:这是因为大雾,我看见接着开始下雪了——一场丝毫不能带给我任何愉悦的天气,又像某种不受欢迎的念头一般令我烦躁。

有一点我不会搞错,恼怒是某种足够令人局促不安的情绪(且很难承受):像火叫?那太暴烈了,更像一种无声的无穷无尽的震动。思想是否是这种被扼杀于软弱之中的力量?这样的话,我正危险地思索着。我感到比寒冷更冰冷。炉火可能已经熄灭了。我怀着同情回想着那炉火,刚才它是那么容易就被点燃,在这个下雪的时刻。雪花渐渐被细小的雪尘代替,而后者又渐渐被某种令人鼓舞并闪耀的,某种更为显现的外部世界替代;它宛如某种执着的外表,几乎像某种显灵——为何会这样?白昼想要自我显现吗?

片刻之后(在我看来),这种烦躁感达到某种完全非理性的程度;这种感受可能和下雪有关。外面的单调并非一种强大的混乱,正如在风暴中会发生的那样,而谁又会向我借取力量呢?但面对一个如此过分的不协调,永远更空洞却更具有压倒性,狂怒以一种魔幻般的形式升起,然而,我很镇定,我并不移动:没有什么比这更可怕的了。玻璃的反光在房间产生了奇异的效果。雪并没有停,它确实地穿进了房间,但那真的是雪吗?只是它扭曲的一面,一种不知廉耻的具有欺骗性的虚无,不论其如何生动。自由的空气!我想。当然,我不能向他人求助。别人来了又走,为了持续的幸福。门开开关关,百叶窗张开:"看,是雪!"火苗闪耀着,灼烧着。寒冷?幸福,寒冷的温暖。我也一样,脉搏愉悦地跳动。耳畔有这样令人钦佩的低语:"像我的国家的雪……冬天,再一次的……"去往更远的地方?这儿和这儿,每分每刻。

在适当时刻

我本可以站起身,就如人们说得那样打碎玻璃:我觉得我有这么做需要的足够力量。当然,在这样一种可怕的将我维持在一种凶猛欲望的湮灭点的耐心里,有一种令人想要说话的诱惑,一种可怕的,富于戏剧色彩的对于这种安静施加谴责性言语的诱惑,一个词,在一个词背后的真相;但是我不说话;我感到不论书上说了什么,我从未真正说过话。因为软弱?因为对于快乐感情的尊重?我不想用真相来污蔑那些比真相更为真实的事物——况且,我也不是评判者。言语并不属于我。

我从未说过话,但也从未在任何时刻能够终结这一切;从未,尽管对于一个被不耐烦灼烧至快要接近极限。在某一刻,克劳迪娅"碰巧"经过我身边,同样的巧合令她止步并看着我:以一种十分带有指示性的方式,我是想说她正在调查关于我的信息,通过我和我周围情况,而我也以我自己的方式获得某些新的知识(这些不应该和她有关:新的,但以一种自由的状态,一小片光亮,时隐时现)。质问她?因为寒冷——且断电使加热器也无法使用——斑点漂浮着,像在消遣般旋转:从这一点开始一个扭曲的一天正慢慢呈现出其在场。我感到在她们的某些行事方式中总是缺少某种严肃性,这种缺失解释了为何生活如此愉悦。很可能发生某件意外的事(我已经看见当克劳迪娅用梳子给朱迪特梳头的时候,后者以一种突然的移动闪开身子,几乎是以某种野蛮的跳跃),这个场景——因为对方的疏忽而被拉扯到的头发,一种情感的下意识反射——属于这个愉悦生活的世界:一种可爱的轻浮,无关紧要(但当那些严肃者的法则不再实施,一切都变得极为重要了);这场景本身并没有任何值得诟病之处。我看着她们彼此为对方梳理头发,这是一种在形式上可以无穷变换的仪式,并以不确定的方式延伸。在这个画面中,我识别出一种可以抵御雪所具有的不断消解的永恒性的东西,一种解药,一种连时间都被愚弄的游戏。确切无疑的,我必须将这个看法也考虑在内。我被迷住了吗?是的,一种令人愉悦的义务,那就是留在此地使我的所见延续:这仪式的无穷变换,克劳迪娅愉快地翻动她的头发,提醒它们曾经梳头的方式,头发丝毫不记得自身的历史,以至于游戏只能达到接近的程度而已,一种流于表面的模仿,在它们的掩盖下面部表情显露出来,一种返祖般的神色并不像她本人,而是反映出某种地貌,一种无法改变的本质被初显的妆容向外部吸引。这样一张面容几乎不是用来给人看的,我像在做某种违法的事情一样偷偷看它,"碰巧"且整个场景在这样的时刻看来都似乎是为这一次闪现而准备的。在这样的时刻?而这样的时刻始于何时?然而恰恰是在这个时刻,我意识到一种突然性,这突然性是如此闪烁以至于它瞬间令所有的表达都显得徒劳:我感到被再次钳制,被一种突然的移动,一种几乎野蛮的跳跃所抓住,而在我表述它的瞬间它似乎以闪电般的速度获得某种实体性。还没等我明白这一切在那个时刻发生,这突然的错位便震动了我,我陷入恐惧中;我感到我看见了白昼,这是一副难以承受的、瞬间发生的和此错位相联的图景,宛如她俩之间的撕裂,这残忍的间隙就要……但我无法说完这句话。我站起身,我几乎跌倒在地上。感谢上帝,我就要死去了,这句话并非源自某种发现,而是在我坠落的瞬间它像某个刺眼的白昼一般呼之欲出的,像某种神谕般扼杀却又激起我的力量,以一种毫不留情的宽广的震动:"死亡!但为了死去,必须写作——终点!为了它,一直写到最后。"

我不知道这个冲击是否向我打开了人们常说的缓和时刻。在某种程度上,它标志着一个新时代的开始,从许多角度看都是悲剧性的,但既然这冲击以它随性的方式游荡着,那也就似乎很难将其当作任何一种开端的坐标。我从未掩饰过它:可怕的,它确是如此,以其震动的力量在触及我之前便扫荡了时间,并且,在这打开的井中,我却坠入时间那令人眩晕的中心,在一个精确得近乎残忍的日子,同样的,也很难知道我是否以一种和我自身的能量相反的努力加入它或者说它再次抓住了我,因为在现实中时间并未流逝。那儿恰恰就是这事件从本质上令人痛苦的方面之一,尽管也有其他的我不能直接言说的方面。此外,令它变成一种野蛮行动的是它徒劳的自我重复,事实上它并未自我重复,它似乎有它自己的观点和生命;而另外,它直到某种程度上将岁月的走向及日常的境况纳入考虑范围,尽管后者更为这种不合常理的力量所着迷,同时它们也努力继续扮演好自身的角色。我提出这样的意见,因为在目前,当发现我自己处在相同的一点,被汗水浸透——我梦见我躺在浴缸的水中——我感到一种深层的虚弱感的发作。我感到事实上我很久以来一直在接近这一点。用海绵擦拭,将关于"'真正'在发生什么"这类徒劳的问题压抑下去,我最终成功地做到了,多亏那些被激扰而起的能量。然而现在,在我抑郁的深处,这个我在某一刻降落其中并似乎由于疏忽而被抛弃的地方,这个形如浴缸的壕沟的深处,我从如此遥远的地方看见白昼,一个如此狭窄的白昼,如此不定且分离,以至于我放任自己滑行,因为无论如何这是无可避免的,而相对这种滑行——关于这一点,我自然没有太考虑在内——对应着一种冰冷而漠不关心的清醒。然而我想起这时刻带给我的异乎寻常的悲伤。我失去了所有的耐心。我感觉还挺好。我这样回答别人向我提出的一个问题:"不过,我过得很不错。"

被汗水浸透,我想回到浴室并躺进水里。我有一个模糊的想法:之前我尝试这么做的时候,我被误导而走上了歧路,而现在我必须从那一点重新开始一切。但是,站起身,我发现雪还在继续下着;我感觉我发出一声异常巨大的呼喊,几乎是一声尖叫;我扑向克劳迪娅,而后者在我看来也做出了超出言语的某种表达。尽管没有任何迹象表明我这一源自惊厥的夸张举止应该到此为止 —— 很显然我有能力做出更夸张的举动 ——她用力地拥抱着我,而我也发现自己和她紧紧贴在一起。从这个被不公正地中止的举动中,我抽取了某个吸引人的回忆,尽管有些模糊。我必须补充的是,她的在场于我而言从一开始就被紧密地包含在"雪继续在下"这样一个画面中,那是令我愉悦的。我迅速地镇定下来。我想要喝水和吃东西,尤其是喝水。朱迪特已经被差遣到厨房去准备茶,这种我不太喜欢的饮品,但我还是说服自己接受了。

在我喝茶的时候 —— 它是寡淡、甘甜、苦涩和悲伤的混合 —— 我回到某种寂静中(之前,我觉得我将自己抛进了一个我不太能掌控的交谈中,那之上仍然笼罩着一种恢宏的满足)。在这寂静之中存在的事物?或许,这是一个疑问。我没能喝完杯里的茶。因为我穿着衣服,我不喝水而是满足于向窗户走了几步:雪继续下,一场绵密而严肃的雪,但是在目前我几乎不担心这个现象。然而我在那里尽量长时间地停留,窗外积雪齐眉,但是就如同没喝完的那杯茶一样,我也没能真正走到窗前。

诘问它?但是主题是什么呢?我的在场带来的烦扰和悲剧性的尴尬不可能不被察觉。然而,谁又提及它?谁又帮助我将它纳入考虑范围?或许我看起来不像是一个只会行动的人?我无疑是镇定的,当然也未超出应有的程度,那种作为这世界一个自然要素的镇定。久而久之,我有这样的印象:我回到了床边(但是我没有躺下);朱迪特,站立着,继续透过窗户向外看。我感到微微凉意,不是那种由战栗带来的令人心绪不宁的冰冷,而是一种镇定的、安静的冰冷(一切都被重新投入一种特殊的寂静中)。可能这是因为克劳迪娅停住脚步并教导式地看着我,但我没法以其他方式来表达自己:在她观察我的整个过程中,我明白我身处于那里,在这轻盈的、平静的,从外部看来丝毫没有任何令人不悦的冰冷中,而从那里,穿过透明的雾凇,我也在看着她,深刻地、无声地。

我立刻进行了详细说明:这只是一个想法,一个感觉的真相。当然,在此刻作为一个外部的形象投入房间的内部并以目光来质询身处房间的人,对我来说本可以更为简单,而我可能确实有这种感觉,我确实感受到了,但可能这样一个形象是在那一刻我所有可以把握的,且也是其他人能够忍受的真相:这就是它为什么拥有这个机会的原因。今天我问自己(闭着眼睛,因为这世上有些是需要看见的,有些是需要知晓的)。我问自己为什么这个遥远而安宁的形象——我看不见它,然而随着它的接近某种景象也在接近我——自我展现并持续,像某种被允许的对于某一事件的影射,而后者却不承担任何影射。在时间的暗夜里,我感到这些已在我内心被决定:我知晓一切,而现在我或许全都遗忘了,除了这个可怕的关于我知晓一切的那种确定感。我无法质询,我感觉我对于提出怎样的问题没有丝毫的主意,然而必须质询,这是一种无尽的需求。我又如何能逃避这"悲剧性的尴尬"呢?我又如何会不尝试用尽所有方法来表述它并使其延续呢?而如果我不是它——这个不说话也不被任何人理睬的,只能够依托着外部无尽的宁静在玻璃的这边安静地质询这世界的形象的倒影,那我又是什么?

因此我必须说些别的。我转向我的床。朱迪特,站立着，聚精会神地向窗外看，而正当她在那里像我之前所做的那样凝视窗外浓密的大雪时，我也有了一个镇定而毫无激情的发现（所有的一切，正如我所说的，都被投入了一种特殊的静谧中）：那就是她看着窗户（而不是我这个方向），而且她目光的强烈和私密性在这静谧中给我提供了一个任何事都不能打扰她的凭证，至少不会比她所看到的景象更能够打扰她。而我呢，是否又能说我看见她了？不，不是这样，她的头和背部已然四分之三转向别处，我只看见披在她肩部光滑而散乱的头发。就是在这一刻，我感到克劳迪娅走进来看着我，以一种"打破魔咒"的方式，且正是在这外部轻柔的冰冷中，穿过透明的雾凇，轮到我凝视并无言地质询她。

在怎样的心绪下克劳迪娅做出这样的举动呢？她必然有自己的理由。可能是当她看见她的朋友以如此的专注向窗外看的时候（"向窗外看"是她使用的表达方式），她没有感受到任何愉快的心情。我觉得她不喜欢这扇窗子，但是她将其视为朱迪特自身的真相而尊重它，而可能对于她来说日子是空洞的，然而这于她而言确实是无所谓的，凝视着凝视者本身对她来说就足够了,她所感兴趣的只是那个作为凝视者的她,而不是一个被欲望的力量所维持的贴近得可怕却又无法到达的奇怪的画面。这最后的情况应该在其洋洋自得的感受中扮演某种角色。我问自己她是否没有尝试封闭真相并将其在这样一个带有非同寻常的讽刺意味的情形下进行表达:我有血有肉地存在在那里,但是朱迪特继续无果地透过窗子看着我。

我一定察觉到了——但是在哪个时刻？——那就是这是一个她俩之间对话不断探讨的主题。我一直预感到存在着一个秘密,一种事先设定的语言,且她们对话的关键常常被我错过,这对我来说并不重要,因为我不介意那些已经被言说的事物。但很可能的是从我将自身投向高处的那一刻起——这诧异而欢快的惊跳,向着被克劳迪娅随意就成功扼制的"雪继续下"那几个字——我应该也立刻就意识到了:我确切无疑地跃入其中,远没有走出迷雾,却进入一个被种种心事、画面和言语及更阴暗的事物填满的区域。

而我,我处于秘密之中吗？不仅如此,我就是秘密,因为这个远未被考虑在内的原因。而我已经开始发现的事情可能就是：我被排斥在之外了。

我在我的角落纹丝不动地停留。雪再次变成了一种暗淡的深邃。跪着，克劳迪娅等待着壁炉中的木柴带来的乐趣。

——"啊，好的。"她说道，"这还得等些时候。"

我问道：

——"我能去浴室了吗？电力恢复了吗？"

——"不过，"她笑着说，"那您就摸黑去吧！"

——"您知道，您的浴室就像个真正的洞穴。"

时间被浪费，而竞赛被推迟到更晚些时候。

——"您难道没有，"我对克劳迪娅说，"更令人惊艳的直到膝盖的长筒靴吗？"

——"只有普通的靴子，就像那儿的姑娘们习惯穿的那种。本质上，您还是被北方所吸引，您是北方人。"

——"是的，但是我怕冷。"

这是真的，寒冷令我痛苦；我颤抖了吗？这是一种不以颤抖为表征的寒冷。我站起身，从她两人之间通过。

——"你们中谁有铅笔吗?"

克劳迪娅轻吹着口哨起身。

——"它有几种颜色,"她边摆弄着她的自动铅笔边说,"它不太好用。"正当我伸过手,她做出一个轻浮的小动作并抓住我的手腕:"那个就算了吧。你现在好多了你知道;您不会死的。好好看着她。"

"她"是指她的朋友。

——"你们今早争吵了。"我说道。

——"啊!你都察觉了,你真的很擅于观察。那么,你自然对此挺高兴的吧?"

——"不,我不喜欢这样。我更愿意你们相处愉快。"

——"哦,我们两个人!"她这样说着,微微带着冷笑。

——"为什么您用'你'来称呼我?"

——"这无关紧要,今天是节日!而你,你从未对任何人以'你'相称!"

——"在您的国家,我觉得人们很乐意以'你'相互称呼。"

她向我投来一个暧昧的微笑。

——"你明白了这点,你是个聪明的家伙。"她又以自己的母语添加了几个词。"你知道这句俗语吗:一个人对她说'你',另一个人拥有她?"

——"我真的像个北方人吗?"

——"是的,一张美丽的北方人的脸,但你怕冷。"

我确实非常怕冷。再次回到我刚才站立的地方,我又一次有一种强烈的想要喝水的欲望。"我渴了。"我说。天色是如此阴沉(如此无谓的白色直至无穷)以至于我别过头去任由时光流逝。片刻之后,我喊住克劳迪娅:"您应该去休息了。""不,"她说,"我将继续观察。"我被一种巨大的忧伤所钳住。随着时间接近,我再次转向她:"放弃这个时刻。别待在这里了。您的在场令我觉得悲伤。"但是她继续观察着。接近五点的时候——当时间更向前推进——一种轻微的颤动穿透了我,我短暂地睁开眼睛,我仍看见,但已很遥远,她面容的某些部分穿透空间:高耸的颧骨,深陷的眼眶。"现在,"我说,"请按照您自己的意愿行动。"

大雪演变成为风暴——风的黑色元素。潺潺的流水,宛如擦拭我的面容一般,我听到她喊道:"看,这不是一个梦！他的汗水浸透了我的手帕。"然而，片刻后，她便对我的"汗水"不再感兴趣了。确认无疑的，白昼徒劳地将自己封闭在白昼的无尽当中。她忽略了某样事物——其自身的透明性，她着魔般的白色成为了某种惊呆后的喊叫，光滑的、冰冷的、易惊的、受惊的，被风随意地剥离和再次捕捉。

寒冷并未赦免她。她喝着茶，可能既浓又烫，刺激着她的喉咙。看到我正听着她咳嗽，她走了出去。朱迪特过来对我说："她喝茶的方式不对。""听！"我说道，"我曾经听到过这样的声音。"她集中注意力。"是否可能……？"她说道，但我已经不再想看见也不再想听见她了。

应该过了一些时候，关于这段时间的主题我们各自以非常不同的方式自我诘问着，尽管这毕竟是属于我们的时间。我非常精确地测量了它的长度，观察到她只在走廊里待了一段时间只为平息自己的呼吸，又或许她将会喝一口水。但是，在她回来的时候，她意识到一个漫长得多的时间已经过去。她感到不安而离开了房间。当我看到我自己一个人的时候，我也会不安。接连两次我呼喊我的兄弟,但他没有过来。我于是转向这可怖的反复思索的噪声中,后者在目前标志着一种时光本身的讲述。然而当时光开始讲述,那就不再是时光在讲述了。

因为我始终是一个人(我是想说我双眼是紧闭的),声音渐渐扩散并最终突然散落。"快,给我一杯水。"我请求道。"但在这个时刻您不能喝水。""快,拜托了。"她仍然十分贴近我,在我的唇边低语:"但是您不能吞咽。"在听她这么说之后,我猛然睁大眼睛看着她,我意识到她斯拉夫人的特点(或许是因为疲劳或是天色已晚的影响)显露了很多。"您的吞咽方式是错误的。"我这样说道。似乎我以一种轻柔的口吻说出了这句话,几乎带有戏谑的色彩,然而我却一点儿也不快乐。她用拳头威胁我,我闭着眼睛就想到这幅画面。我想要第三次转过身面对我自己,然而在这个层面上一切都令我觉得安静得近乎完美且轻快,几乎是游戏般的。我碰巧休息。我感觉还不错。对于一个向我提出的问题,这便是我,或者说是时间那健忘而无忧无虑的回声的回答:"但是这样不错。"

我再次回到了愉悦生活的世界。然而,我不能否认这点:不论这样的时刻释放出怎样的温柔和神奇的善意——或许"被张开的手臂热烈欢迎"这样的表达方式已然失去了它诱人的真实性——"再一次"本身这个现实始终很难被吸收。我感觉,即便是对于别人,那儿有些什么也还是不管用,且我认为,那一刻它在其愉悦的真诚和令人陶醉的面容之下,也在其自身的出现面前开始慌乱。于我而言,我几乎立刻被一种嫉妒的虚弱感所侵袭。这个念头,"白昼开始"灼烧着我,它已然穿过我的生命被永恒缩减到如此之少的瞬间,这另一个想法,"白昼降临";被剥夺镇定的仓促,像各种姿态的混合,然而同时却又是一个完全清醒的要求,因为我在其整个范围中看见必须由我来动摇的宏大故事。我感到自己赶上了一个美丽的时刻,但是捉住它?谁又不明白那伴随着野蛮力量的震颤已将我朝更远处拖动?而令我不耐烦到几近疯狂的是那美丽的瞬间,想要被留住,被变为永恒。那是个愉悦的时刻,浑然不觉的,亦或它也怀疑如果在我身边驻足,它将注定会成为一个美丽的闪现,一个永恒美丽的回归,然而它却以一种最残忍的方式和自身也和我分离。

或许，在这愉快世界的眼中，这样的不耐烦不会出现；可能我看起来至多是心事重重：微笑着，但是在心事重重的面纱下。在这个清醒的时刻，我感觉最为阴沉的事情之一发生了。确认无疑地，我睁开眼睛望着克劳迪娅，而我已然奔向她就像一个朝着白昼前进的人一般。但是，要么就是疲乏已经动摇了她，或者是因为人们无法无止尽地承受不可承受之事，她在自己的决心中安然自得都是徒劳的，才一接触我的目光她就发出一个巨大的喊声，几乎是一声尖叫，且她可能向后移动了一下，然而这动作却带有一种不顾一切的粗暴，我凶猛地跃向她并将其抓住。我不解释这暴力的来源。事情就是这样的。胆怯的人唤醒可怖之物，软弱者将自己拱手让与一个毫不留情也公正的力量。

我必须补充（为了公平）的是我对这场如此阴暗的意外并不确定，不确定感使事件变得更为阴暗，因为它只能以一个若有所思的"我觉得"被坦诚于白昼之下。然而却发生了一些事情；在这个愉悦的世界，我能够回答"但这样不错"却再一次是徒劳无功的，这个回答以一种诡异的方式响起,而这可能并不是它的错,但我有这样的感觉:由于她在显而易见的事物前的退后,她不谨慎地将那本应当永不跨越的,那苏醒时刻白昼的序幕吸引进了白昼之中,她在这富有活力的光亮面前继续后退,而我觉得后者又映射在她富有威胁意味的目光中,在她暴烈、不安,富有敌意而又虚弱的凝视我的方式中(她有深陷的大眼睛,非常强烈又非常干涸的目光;在忧虑的表面下,它们变得更大,然而却柔和了,可这种柔和却是带有威胁性的)。

另一个表明其忧虑的信号就是她试图——当我问她,当然我还没有打算放过她:"您在那里已经多时了吗?"——对我说出一切或至少对我说一件事。根据我所能看见的,这像一个诱惑的全景,一个永恒幸福的祈祷,将王国的钥匙赠予我,最终通过这内涵巨大的句子所解释明了(像对于我关于"真正"在发生什么,这样空无的问题的回答):"这儿的任何人都不愿意和一个故事相连。"

这句话给我留下了深刻的印象。我相信从中看见一道光线射出,我已触及一个清晰得令人讶异的一点。一句话?一个滑动,一幅尚未装框的肖像,一个带着亮烈闪耀的行动,它以其迅速的炫目照亮周遭,而这不是一道安静的光芒,而是一种奢华而轻浮的巧合,一种明澈的情绪。

我停留在这话语的炫目中,那儿有一种完全的对主题的点明,一种神奇的,在我看来将所有我自己在某些时刻可以对局面所做的设想抛入阴影之中的总结。(或许我应该将其添加到我的辩护之中,发生着的事是简单的:我思考,想法接着想法不断涌向我,谁又能抵挡这样的魔法呢?)而可能的是,无论我在考量这一道幽灵般的光芒时所获得的愉悦有多少,我对它的可怕之处却不是无知的,然而我惊叹的神情一定十分明显以至于克劳迪娅认为我已经完全进入了这种富有力量的看见的方式中。而且,当我指着她的朋友询问她:"她也不是吗?"她毫不费力并富有热情地回答我:"她,比其他人在那儿的时间都短!"

我以最勇敢的态度接受这饱满的,被轻快地抛向我的言语(尽管"其他人"并不是一个最为精确的表达方式);但是,无论如何,我无法分享她的热情。在这一击之下,我觉得我和她分离开来。但是她片刻都不浪费地再次追赶上我:

——"她有时很远,非常远。"她边说着边用手勾勒了一个令人印象深刻的动作。

——"属于过去?"我胆怯地问道。

——"啊!比那个远多了。"

我思索着想找出是什么能够真正比过去更遥远。然而,她似乎突然害怕将我有点儿推到界限之外。她使劲儿握住我,然后她犹豫着以一种压抑的口吻说:

——"她看见您了。"

我立刻感到一种巨大的不自在。听到这非同寻常的令人厌恶的言语(并且带有蔑视的),我一定是别过眼睛,而我的不自在只不过才刚刚开始,当我听到自己这样询问她:

——"在哪里?"

——"有点儿无处不在,就在您站立的地方。"

我感到正这么说着她的声音略微变得虚弱,以至于带有一种在她身上不常见的温柔口音。她任凭我的目光穿透她的目光,这柔化的目光恰恰因此而富于危险。恰恰就是在此刻我意识到在何种程度上我喜欢这带有危险性的闪光,它吸引着我。我对她说:"您并不是那么讨厌我啊!"

她思考,同时却没有回避我的目光:

——"我对您怀有某种同情。"她探过身以她低沉的声音补充道:"对于敌人的同情是一种非常强烈的情感。"

——"但是,"我愉悦地说,"我不是您的敌人。在目前,我刚刚醒来并触碰您。我感觉这样很令人愉悦,您待在这里很长时间了吗?"

——"当心。"她说着并以一种颤动推开我;她是脆弱的,她几乎不是任何人。

我自己也感到一阵寒冷的风,一种冰冷的迂回暗示,在我看来似乎来自于苏醒(但是随后,我感到暗示源自于她的言语,莫名的不合时宜,因为它们在我看来锁定了她自身,当它们看上去明显地针对着她的朋友)。这不安如此巨大以至于她急切地想要找到一条不那么危险的路,并且以其令人钦佩的镇定说道:

——"这很正常,您观察您面前的事物,您走到最贴近的地方。"她之后又补充道:"在乌拉尔山那一侧,您知道,从前的女人们是没有习惯常常坐着的。即便当她们再没有什么可做的时候，她们也像柱子一般矗立在厨房中。在剧院里也一样，保持直立是规矩。”

我没能成功地像她邀请我进入谈话那般迅速地接近它们。我在等待房间中的某种事物，我在那里发现了巨大的无果的空间事实上令人想起那巨大平原的静止性。

——“无论如何，”我对她说，“您太劳累自己了。”

——“我看起来真的如此疲劳吗？”

——“啊！是的，极为疲惫。”但当我看见这愉悦的呼声产生了怎样的效果时，我向她泄露了缘由：“事实是，”我对她说，“您更为容易接近了。”

我不知道她对此有何看法。她陷入一个秘密的、静止的观察中，宛如所有我们言语的必然结果。然而她的想法很快展现出来：

——“为什么您对您拥有的不满意？”

我笨拙地凝视着她。

——“但是，”我说，“我所拥有的，我并未拥有。”

尽管她的话听上去并无攻击性，却足以使我们之间显现出一个新的前景。确定无疑地，她想对我说些什么，但是她同样想令我说些什么。

——"您的监视都是徒劳的,"我坚持道,"在您内心深处,您得承认无论如何这都是将要发生的……"

——"什么将会发生?"

——"或迟或早,这一切都将从您的指缝溜走。"

如果我企图依靠这直白粗暴的言语来击破她的固执,那么结果令我十分失望。

——"恰恰是这样,"她说,"为什么您想要达到呢?"

为什么?她的问题令我发笑。

——"但我并没有想要达到,"我对她说,"我不想达到。"

她几乎没有被触动。

——"或许您想要达到它的方式和我想要做成一件事的方式不同,但这仍是一件被极度需要的事物:我感觉到了。"她以一种僵硬的口吻说道。

——"哦!关于意愿这件事,您最擅长不过了。"我以愉快的口吻反驳道,"现在轮到我了:如果说'我想要达到'的话,为什么我不能有这样的愿望呢?"

然而，思考片刻，她显示出不安，一种令我吃惊的情绪。她以其低沉的声音说道：

——"我想得到它的程度或许不如你想象得那样强烈，也不如之前那样强烈。"她停了片刻，"我自己有时也感到身处这件被需索的事物的内部。"

——"您？您自己？"

——"我想要的是我自身的意愿。我毫不放松并时刻注视，然而都是徒劳：我做不到。"

她的声音再次具有了这种轻柔的震动的虚弱，这令其显得如此不同寻常。

——"然而我觉得直到目前为止，您已经做得足够好。您令人惊讶，您知道。"

她几乎没有在听我说话，然而，在她思考的过程中，她一定很好地辨认出了我思维的运行，因为她以一种出乎意料的悲伤提及它：

——"您也一样，刚才您如此遥远……"

——"我遥远？"

她显现出一个令人印象深刻的举动，然后，她像为了

找到平衡一般扶着自己,她带着一种哀伤的平静说道:

——"我不知道它是否还会持续很久,因为这样一种自由耗尽所有的力量。"

我长时间温柔地观察她。

——"您是个奇怪的姑娘。如此强大的意志,如此巨大的勇气,如此坚强的灵魂,而这一切……毫无意义。"

她以一种可怖的目光笼罩着我,好像她持续地苏醒一般,她向后跃去,同时发出一声巨大的呼喊,一声真正的吼叫。

一会儿以后,我愉快地喊住她:"哎呀,这真是一场可怕的战役!"她向我做了一个手势。然而,她平复了呼吸,用一些小动作安抚了一下自己并不太适合这样剧烈呼喊的喉咙。这场景令我"忧虑"。我曾听见她清喉咙,将自己彻底投身于清洁行为之中,阴暗的声响,一个如此遥远的预感的回声通过时间的空隙到达我。这是可能的吗?她认为自己在生活着,然而虚假已经在她的口中?我觉得她在休息,然而睡得不深,因为我刚刚想要起身,她立刻醒过来看着我,眼神穿过那令她感到自身被波及的危险注视着物体。"我几乎不相信您。"她轻柔地说。我对此并不惊讶。这很符合目前不确定而未决的气氛,而我感到她的话本身也带有这个痕迹;因为这个原因她并非怀有恶意,而更像是令人不安甚至是让人愉悦的:一个我们不想远离的不负责任且不合格的真相。

——"但是……我是不是想要使人相信一些事?"

她不回答,且当时间流逝,我渐渐开始问自己这被我当作言语的事物是否只是一种用于等待的客套,将位置让给更为本质的事物。这令我向她询问道:

——"现在您要说什么呢?"

——"我几乎不相信您。"

——"但是……,"我说道,"为什么要这么说呢?"

确实,看着她矗立在此并固执己见,听着她以富有层次感的低声细语固执己见——这是某种包含着忧伤、狡黠和某种遥远的怨恨的闪亮的真诚——奇怪的是,我觉得她变得不那么无辜,就好像那年轻而不负责任的真相在某个我没有察觉的地方继续给她提示,再次在我俩之间穿过的是它的倒影,但这是再一次的,所以它不再无害,也不再透明。

——"相信,"我带着一丝积怨说道,"为何您想要相信？我的存在摇摇欲坠,这是您正在思量的吗？"

她以一种怀疑的表情注视我,这可能同时意味着她既想要回答却又觉得尴尬,或许是疲惫,但也是一种巨大得多的怀疑。我清晰地感到她不打算坚持这如此微弱的让步,说得更明白一些,看到她并不满意,我以为她就要再一次重复……那句话了,我感觉她的话已到了嘴边,我在空气的虚空中已然听见了。我在此刻的焦虑是如此强烈以至于为了阻止这件无论是对她或是对任何人都无法承受的事情发生,几乎是随机地——但是我知道这样做我便会无尽地、过分地屈服于她——我喃喃道:"您的意思是……"她点头表示确认。"但这样可能吗？您触碰着我,您正在和我说话。"她以一种异乎寻常的暴力再度挺直身躯。"我在说话！我在说话！"她以一种最为剧烈的口吻说道。她以一种难以置信的坚硬态度抛出这样的话,以至于它撕裂了之前的低语而变成一种正常的人类的语言,我的意思是说以其完好无损的美丽的声音说出来。它如此不含有任何意义以至于我在战栗，而她自己也被一种战栗所穿越。我们两人似乎都被这相同的恐惧所笼罩。

她的反应是如此激烈，她以一种如此激动的、如此巨大的对周遭环境的遗忘挺直身躯，以至于她不仅没有放开我，反而将我吸引向她，她和我一起从某种元素中喷射出来，事实上，这种元素危险而不稳定，它属于嘲讽和非现实的嘲笑，在那里严肃没有意义。这在某种意义上是一个无穷的跳动。尽管她包含着我——且这样我意识到了自己的冲动，我那将她向我前方推动的意愿——我不由自主地感到一种说不出是什么的微不足道的事物就能够令她坠落。她巍然地直立着，身躯紧绷，只听见某个清晰的打开和关闭的声音，那是她正尝试安抚其喉咙深处晦暗不明的移动。我那时一定问她："您想要什么东西吗？"而她几乎扭断我的双手。天色已然昏暗。跟随这痉挛般的起伏，它宛如温和爆裂的轻柔气泡，与我如此接近以至于我感到自己的命运自然而然地和这声响联系在一起，除此之外似乎再没有什么能做的。最终，她发出一阵轻微的咳嗽，这令她陷入一场安静的斗争，因为她只能坚决地将通过其喉咙的震动压抑下去,以至于她令人感到她在独自秘密地斗争,在一个她出于谨慎同时也出于不信任而隐退到的已然远离的世界。我感觉她非常热。穿过这热浪,她发现我冰冷的双手。"但您是冰冷的。"她说道。她抓住我的双手,以一种迅捷的动作,可能是为了享受那冰冷的接触,她将我的双手放置在其喉咙上。

我现在必须说:这个令我在其中看到现实的姿势给我留下一种不安和困扰的印象。为什么呢？这很难令人明白,作为其影子,它令我想到一个真相,一个我所不明白的独特的、闪耀的事物,似乎它想使某个无法模仿的时刻注定成为某种相似的事物。苦涩的回忆,沉重而令人困惑的想法。我退缩在后面,宛如早晨即将来临。我问她——我半坐在长沙发上,但她立在墙边,握着我的双手将它们紧贴着她,她微微地探过身子:"事情就应该保持这样,不是吗？"在我看来,这是一个没有回答的问题,因为片刻之后,我欢快地向她说道:"啊,这还真是一场可怕的危机呢！"但因为我想要更加靠近,她面对我却令人奇怪地退缩了。我忍不住说:"但是您怎么了？您怎么了？"这话令我自己也充满错愕。我补充道:"为何您如此紧张?""因为您看上去如此愉悦。"这个回答令我发笑,而她也以某种方式笑了起来。轻微的动作,然而却危险地激怒了她。在我的怀中,我感到一种可怕的痉挛般的风暴,为了和她待在一起,我必须回答那在此刻从白昼的深处升起的巨大的呼喊,愤怒将我卷起,我紧紧地环抱着她,在我们两具身躯的震动和静止的坠落中再次抱紧她,我将她紧紧地固定在无限之外。一点一点地,她再次获得空气,一个微弱的个体的生命,且因为我不放松她,她迅速地窃窃私语一些什么,然而为了给予混乱一个回击,我在目前阻止她出去。

目前情况的奇怪性在于,我感到她所说的如此属实:她因我的愉快感到迷乱。而这一点又突然反过来令我感到迷乱。这种轻快的力量,这种富有吸引力而令人慌张的意愿迫使她发笑,令她喘不上气,更让她战栗,我在这一切中看到她的力量,她准备好起身并以一种更猛烈的激扰向前扑去,向着一种更为剧烈的战栗,不是一种轻柔的、瞬息的闪烁,而已经是一条燃烧的尾迹、闪耀的怒火、奔放而狂野的笑声。一场风暴?然而却是无果的,最无关紧要的轻浮的放纵变作贪婪的圆圈般的眩晕,妄图延续直至无穷尽。这贪婪穿过白昼,扭曲空间,它吸引着空间,摇动它并使它变成一个被剥夺了中心的奇怪的燃烧的火轮;无法测量的激昂,深刻的苦涩和残忍,然而这究竟是什么？最愉悦的图画的轻浮。曾经,我俯冲向白昼中愉悦的生活,这不可定位、不可把握的事件。如果我尝试使自己想起这巨大的俯冲,我就必须也回忆起这时刻：当光明在我面前后退,而或许这可怕的先前的促成这撤退的因素已从苏醒的深处浮现,或许是由于它的接近造成了这样一个如此强烈的反应,燃烧着的光明迅速凝结,以一种肯定的形式——"是的！""是的！"——在冰冷的核心周围灼烧。我潜入了吗？但是当我从这次生命中醒来,或许我将这生命和我一起唤醒,而或许这狂喜意味着我所不了解的某种巨大而可怖的移动,一个飞越,迈向两者的相遇：结冰的白昼和灼烧的白昼;永远处在起源之前并永远照亮终点的我。

面对这个移动,我不能说试图躲避它。我不能也不愿意这么做。但是,这是事实,我也想再次开始专注于某些严肃的事情,我不能忽略那被称作严肃的真相的事物。克劳迪娅,在此刻就像一个真正的肯定,具有一种非凡的丰饶。我觉得我没有想象到她仍然具有如此的力量,就像在其被消耗的生命中任何时刻都不曾拥有的那样,然而我确是亲眼看着她穿越这生命的。我想"但是她异常孤独",我觉得她曾经也是如此,因为她没有和其他事物一起消失在没有记忆的亲密感的幻象中。这在某种意义上是令人不安的。我问她:"您需要空气吗?——您需要它吗?"我感到她的声音比我预想得更加模糊,她并不虚弱,她保有某种博大和权威,我认为这些来自她发音的力量。"说话令你疲惫吗?""不,不是现在,不是和您说话的时候。"我始终没有放开她,我以全部力量将其抓住,她的力量也令我吃惊。"啊,好的。"我愉快地对她说,"那就和我说话。""像这样?在空气中?不停地?"我注意到她转向我,然而又不是完全朝向我;事实上,在听她说话时,我感到一种非凡的愉悦,如此清晰,如此广博,尽管被蒙在低语的面纱下。这就是为什么我不由自主地回答:"但目前您有很多要对我说的话。""对您?""对我。"我愉快地重复着,"对我。"然而因为我感到她在摆脱,在绷紧,我将头探向前:"我觉得一点声响……"这似乎引起了她的兴趣。"声响?"我点头表示同意。我们两人以期待的状态待在原地。

我觉得她在休息,但是并不深沉。因为我一起身,她也站了起来,我问她朱迪特在哪儿。"谁是朱迪特?""您的朋友。这是我给她取的名字。""我不喜欢这个名字。她去睡觉了。她也需要她自己的夜晚。""您把她一个人留下了?"因为我正向窗口移动,她想帮助我行走。"我不是个醉汉。"现在正在下雨,一种标志着冬天那缓慢的衰微气质的宁静的雨。在我的要求下,她为我指路:三一路、奥斯曼大街、布尔斯过道。"您喜欢这座城市吗?"不,她不喜欢。"说话令您疲乏吗?"——"有一点。"——"是唱歌弄坏了您的嗓子?"——"唱歌是种闪烁。歌者应当预计到困难。"——"我不知道我是否对您说过,我不太喜欢歌唱,然而听您唱歌令我愉悦。"她去找她的活动铅笔,我认为她在觉得无法言说的时候会用到,然后她慢慢地回来坐在长沙发上,因为我就在窗边,我看见房间就这样显得轻盈和宽大了起来。我看着那巨大的空间,那儿是墙,更远处是门,前面一点儿便是空间的深度。我对她说:"和我一起去南方。"她摇摇头。"这不行。""来啊！"她帮助我走了几步，开始不太情愿，然后以一种摇摆的意愿。当我们终于到达房间的正中，她离开我，打开门，进入走廊。那儿非常昏暗，但因为她离我很近地走在前面，我很清楚地辨认出她的轮廓。我一出现，她便再次向前走；她缓缓地远离，以一种高贵而忧郁的尊严，半转过身以确认她是否被跟随，然而并不止步。在走廊拐弯处，她停下身（我必须适应新的空气）；我俩之间的距离已足够缩短，她离开墙面，隐没于换衣间前面那更为幽暗的空间中。我目前身处于岔路口。我在那儿待了一会儿。但因为门已经打开，我也走了进去。

她的朋友看了看我们两人，我感觉尽管她轻微地将头偏离我的方向，她目光中那难以置信的穿透力，通过其双眼的快速移动令我们无法移动。我认为我之前从未见过如此贪婪的眼神。我们能在人们的眼中读出情感、恐惧、欲望的震动；然而这目光是贪婪，我是说它无法令人想到光亮：没有闪烁，没有不安，说得更准确些，或许是因为双眼的来回移动使其眼神的专注变得更富挑衅性（将我们挨个儿盯着看),如果它表达了什么的话,那便是饥饿所具有的厚颜无耻,面对猎物时黑暗的讶异。确实是一个令人钦佩的目光:贪婪? 一无所有,毫无意义却能够表达一种巨大的嘲讽——尤其当它特别美丽。

她不像是处于第一次醒来时的出神中,因为当克劳迪娅将餐具突然弄掉在地上的时候,她却继续带着和之前一样的充满嘲讽的贪婪神情看着我们——而目前我感到她似乎带着某种兴趣,却并没有惊讶。无论如何,这意外对她没有影响;她也在凝视,怀着恶意地,她暗夜的身躯,这仰躺在夜晚的身躯。她双臂柔顺地伸展,那姿态仿佛她已休息了千年(然而手却是紧缩的)。克劳迪娅于是做出这样的举动:她触碰她的手臂以将其扶起(或是为了移动她),而因为后者并不配合,她又试图将她的握紧的手掰开。接下来发生的事都是瞬间的:朱迪特相当敏捷地直起身,大喊了两个词——然后瘫倒在床上。

这是个可怕的场面,然而却给我留下了欢乐而富有无限乐趣的印象。这令人钦佩的头颅激昂地抬起,如此真实,而后又降落到比地面更低的地方,这也同样属于这激昂感受的一部分，这是显而易见的，这一刻已不再是为了迷恋碎片的恢宏，而是要抓住它再撕碎它。

我感觉恰恰因为这场面只由两三个姿势构成而令其生动性显得更为震撼人心。那些经由画面展现的事物被篆刻在一个无限小的薄片上，然而在它之后纯粹的善变的自由隆隆作响，在其中血的味道尚未苏醒。对于这个场面，任何人都永不能说它已经发生过；它是第一次也是唯一一次发生，它的丰沛代表源头的能量，而从那里却什么也不会流出。即便当我再次回到这个场面去"思索"它——它要求这样：一种有力的冥思——它也没有将我指引到任何地方；我和它面对面，不是遥远地，而是在一种神秘的以你我相称的亲密中，因为它于我而言就是"你"，而我对它而言就是"我"。

关于它我还能说些什么呢？它不是一个难以遗忘的时刻，它想要被奉为神圣：尽管看来如此可怖，它仍然具有一种我所不明白的某种令人异常愉悦的成分。当然，这是无法再次经历的，这崩溃的时刻，生命中可怕的彻底的质变的时刻，无法自控，是对记忆猛烈的一击——而后呢？

而后就是混乱,然而我将对它进行确认,最后的时刻将无限超越其他的,因为是在我之上这梦中的肉体分崩离析,我曾将其拥抱在我怀中,我曾体验它的力量,梦的力量,一种绝望的温柔,被击败却百折不挠,这就是只有一个双目贪婪的生命才能够令我了解的。

我还想要说这点:当一个人经历了无法忘怀之事,他便为了缅怀它将自我和其一并封闭,或者他开始四处游荡为了找回它;这样,他成为了这件事的幽灵。但是这画面本身并不在乎回忆,它是固定却不稳定的。它发生过一次吗?第一次然而又不是第一次。它和时间有着最为奇怪的关系,而这一点也是激动人心的:它不属于过去,一个图像和这个图像的承诺。它在某种意义上自我注视并在一瞬间将自己抓住,在这之后发生了这可怕的接触,这精神错乱的灾难,这些很容易被当作在时间中的坠落,然而这坠落被穿越,时间在其上挖掘出巨大的空洞,而在这个坑洞中像欢腾的节日般出现了未来:一个永远再不会崭新的未来,同样的过去也拒绝坦承其自身的发生。

在我之后片刻,克劳迪娅回来了。我还可以补充:这些曾经为克劳迪娅的生命揭幕并使其成为后来者的话语也回来了,它们将我拖向同样的真相:我不认识她。这样,所有的循环重新开始。然而,在我所停留的有力的冥想中,我能够看见她接近,从归来的深处慢慢走来,带着她恢宏而忧伤的尊严,我能够看见她从我身旁经过,如此贴近,她短暂地从超越所有的边界之外注视我。而这一切都有种阴暗的的力量——"我不认识她",然而这一切也意味着这回归的狂喜,它纪念碑般的特性,提升至它自身的辉煌,在这样一个白昼:它并不宣告一个缺席和静止的真相,而是一个最后的意义的熊熊燃烧。是的,她片刻后回来了而我却不认识她。但这不再是由于这些软弱的词句的指引,因为它们已经被擦去,被朱迪特从其记忆深处嘶喊的两句话一扫而空,*Nescio vos*("我不认识您"),她将这话抛向我们,然后便瘫倒在我怀中。

言语,于我而言最伟大也最真实,闪耀的心、以你我相称的表达方式和夜晚的嫉妒。事实是,即便这些词语也是过去的回音,她也一定是从某人那里学到这些的(她几乎什么都不知道),而那些来自我这里的就如同语法般真实可靠的事物,广袤的世界在黑暗的运作后又将它当面抛向我,宛如夜的祝福和诅咒。

在我之后片刻,克劳迪娅回来了。一切都是寂静的,我感觉她从此开始休息。然而,晚些时候,我看见她通过走廊开着的门看我(我在对面的单人间里)。当我再次见到她,她坐在那里,看起来坐在低处,身体半曲着,头部向膝盖倾斜。曾几何时,我一人居住在南部——那时我正值壮年,我的力量澎湃翻滚,然而在那个夜晚的某个时刻,当一切都停止:希望、可能性、夜晚;我于是打开了房门,然后安静地望向楼梯下面:这是一个完全安静且不带有任何意图的举动,纯粹无意识的,就像人们所说的。在那一刻,穿过那广袤的空间,她让我感觉她就坐在那里,在楼梯的下面那宽大的拐角处的台阶上;打开了门,我望向她,而她却不看我,而这如此完美的静谧的举动中蕴含的安宁与在今天看来与这微微蜷曲的身躯所揭示的真相遥相呼应,后者并非在等待,也不是放弃,而是一种深刻而忧伤的尊严。通过这景象(它表达了所有最后的景象的安宁的透明),我只能看着这个倚墙而坐,头微微向双手倾斜的女人。靠近她？走下去？我不愿意这么做，而她在其非法的在场中虽然接受我的目光，但并未对它有要求。她永远也不会转过头朝向我，而我也永远不会忘记而安静地走开。这一刻永远也不会被打扰、被延长，或是被延迟，或许她无视我，或许她被我无视，但这都不重要，因为无论是于我还是于她，这就是那适当时刻。

我现在必须说：当这一形象在此时出现时，不应当尊重它（以一种惊异的情感与之相连）。确定无疑的，这是一个至高无上的显现，但这种至高无上是属于某种不愿仅仅被看见而是触摸，不愿被尊重而是被爱慕——绝不是被恐惧，因为可怕本身就是它的诱惑所在，在它面前闭上双眼的人也会让它失明，就如同尊重它的人将其封闭在一个冷漠而不真实的虚荣中。从前，在南方，当我再次关上门，我知道这扇门代表了那骄傲的决定，多亏了它，沮丧与忧伤也在我面前显得具有如此非凡的尊严，我和它结伴而行，我知道这时刻会变成一种羞耻，如果我尝试将其延续或再次找回。在白昼里，我不去想它；然而穿过这无忧无虑，只有通过我与这唯一被忽视的一点的关系和更加被忽视的这一点和我的关系所具有的力量,我才拥有白昼:如果这个关系受到威胁(但在这样的情形下"威胁"这个词意味着什么呢?事实上,它没有任何意义,这就是为什么我不去想它的原因),白昼也在衰微而无忧无虑地变作一种悬而未决的"我再也回忆不起来了",以至于每一个事物每一个小时都在互相转换。我不缺乏力量,而且确定的是,当白昼开始,我和开端的协议就是我和那做出决定并在一开始就到彼方去的人的青春所达成的协议。我差不多算是正常地生活;我有时写几个词——准确来说就是这些;但是"真正"在发生着什么呢?我不能说出,除了这句评注之外:那就是,尽管完全不去想,我已经和这"点"联系在一起,且我如此废寝忘食地看着它,以至于就算是一个更有能力的人的力量也不够。无论如何,我的力量,那白昼的力量,属于我的白昼的力量已经在日常生活的琐碎事物的压迫下不再能够坚持,尽管我承认我的日常生活已经被简化到很少的事。

然而甚至这些都是真的吗?我真的在看吗?不是什么东西,不是一点,什么都不是。如果面对这样谨慎的画面,我仍从其中感到兴趣或关注的话,我将会害怕我自己。希望你们能够明白,这和画面本身毫无关系:画面或形象尽管如此安宁,相对那一时刻至高无上的尊严来说不过是残余的担忧,它停留在这一刻,这恰恰是这一时刻出现的原因。我想说的是白昼很明显地和夜晚的这一刻有某种关联,神秘而戏剧化的关联,这从任何一个角度看都是令人精疲力尽的,因为我也喜欢白昼且我活着,我被卷入最令人力竭的阴谋,然而准确地说我还不能算是为此而费心忙碌。

我燃烧着,然而这可怕的火焰是那遥远没有任何使命的战栗。我变得更安静(因为我单独一人,这就意味着面对我自己更安静)。异常的无所事事然而又没什么时间。在某种程度上,我的生活是一种感情的迸发,但在另一个层面上,它如呼吸般贫乏,而可能我能够对自己说欲望的力量在我内部和一个唯一的时刻的真相联系,我必须给予这个真相不仅是我自己,不仅是一切,而且还要更多(而且,我感到这是那永恒否认着终结的存在者的灼伤),然而这样一个令人安定的行为并未向我揭示为何我就是这点燃并解释那唯一时刻的火把,当我们在不耐烦中灼烧,白昼永远无法允许这种卑劣,然而正是在白昼中战栗酝酿成形。在我身上,也在历史身上发生着一直都更为缩减的事件(在此意义上,就如同我变得谁都不是或几乎谁都不是,我性格的特征在减弱,同样的,世界主动地和其边界混淆在一起),但是这种时间的匮乏尤其泄露了那"某事正在发生"带来的过度的压力,充满独占欲的广袤只能缩减或悬置历史自然的进程。怪异之处来自这里:这个异常的活跃的压力并非属于时间中奇怪的一点,但也代表了时间纯粹的激情,白昼纯粹的力量,而它的要求并非回避生活,相反,一旦它触碰生命就将其消耗,它看上去无法承受,就好像激情就是活着,尽管被激情触碰的存在同样也有摧毁生命的可能性。这就是为什么从某些方面来说,这"点"就是世界上的激情,而世界的激情也只能是寻找这一点。

也可能我生活在一个被迫承担白昼的焦虑和辛劳的男人的忧虑中:一个尚未开始的白昼,它仍然只在遥远的画面的开端中闪耀,这画面的宁静就是忧伤、崇高、起源和结局。在夜晚,当我起身,谁和我一同起身?在此刻,没有白昼也没有夜晚、没有可能性、没有等待、没有担忧、没有休息,然而一个站立的男人被包裹在这话语的寂静中:没有白昼,然而就是白昼,以至于这个在低处倚墙而坐的女人,这个半曲着身体,头部倾向膝盖的女人,她和我的距离并不比我和她的距离更近,且她在那儿也并不意味着她真的在那儿,我也一样;我只表述这句燃烧着的话语:看,她来了,某件事情正在发生,结局开始了。

当我打开门,谁都不问我要去哪儿:没有人在那里问我这样的问题。当我回来的时候,也没有任何人问我从哪里来。现在,某个人在问我——"但您何时出去的?"

"刚才。"

我确实谈到焦虑,但我想说的是喜悦的颤抖,也有忧郁引发的颤抖,但那是忧郁的爆发所引起的。我看起来沉溺于一种由于过度限制导致的无度的痛苦,而且令人费解,以至于连我自己都说:"白昼于我就是黑夜,我将表达这痛苦的某些部分。"然而这是轻浮的痛苦,因为在我前面是光明,在我后面是坠落,而动摇的真意在我之中。

我遇见了这个被我称作朱迪特的女人:她和我并不以

一种朋友或敌人,幸福或不幸的关系相连;她并非一个脱离肉身的瞬间,她活着。然而,据我所知,在她身上发生了某些事,类似于亚伯拉罕的故事。当亚伯拉罕从莫利亚地区回来的时候,他的孩子并没有和他一起,取而代之的是一只公羊的幻象,从此以后他必须和一只公羊一起生活了。其他人看到的都是其子以撒在他身旁,因为他们不知道在山上究竟发生了什么,而他却在儿子身上看到山羊,因为他用山羊替换了儿子(译者注:据《圣经》记载,上帝为了考验亚伯拉罕,叫他把独生子以撒杀了做燔祭。正当亚伯拉罕要持刀杀子之时,有天使加以阻止,让亚伯拉罕把小树林中的山羊抓来代替以撒,于是亚伯拉罕就杀了山羊代替儿子做燔祭)。这是个沉重的故事。我认为朱迪特曾去过山上,然而是出于自身意愿。没有人比她更自由,没有人比她更不介意强权,也没有人比她更少地和正统世界往来。她本可以说:"这是神的意愿。"然而她最终却说:"这是我一个人做的事。"规则?欲望穿透所有的规则。

说我们融洽相处是不对的:正相反,完全没有相处可言。在某种意义上,她远比我显眼,且时间越是流逝,白昼及其闪耀就越是使她显现,但那时刻也来临:穿过所有燃烧的边境,看着她就意味着几乎否认一切。不稳定?她和我同样不稳定;富有占有欲的?当然,有时会很暴力,甚至能挑起风暴;空间在她面前逃逸。她以一种凶猛的方式和无穷相连,在后者之中只有她找到一种语言来表述:"最终,我看见了它!"但对她而言无限仍不足够。这就是为什么她从无尽的彼方永恒地呼唤我。

她始终在变得更明显这个事实恰恰是她的辉煌所在,也是对其自身的威胁,同时也宣告着她的存在:是的,她进行着飞越,她是那唯一时刻的伴侣。而现在呢?现在,明显的事物破碎了;时间的柱子,断裂了,支撑着它们的废墟。

"现在",奇怪的光芒。"现在",凶猛的力量,不需要建议的纯粹真相。我们确实正相处着,然而是在那当下的深处,在那里激情意味着去爱而不是被爱。去爱是终点的辉煌;被爱是吝啬的担忧,对终点的服从。她通过光线那欢乐的力量和我相连,在那里我逐渐显露:经由和她的接触,我和她连接在一起,也多亏那令我触碰她的白昼的显现。

但是如果"这关系被威胁",她就变作某种"我想要它"的贫瘠,而我则成为一个冷漠而遥远的画面。

她曾久久地看着我,但我看不见她。在她眼中那至高无上的日子。她被这样忽视对她来说并非是种不幸;且她的目光并非谦卑,而是贪婪:我已经说了,最贪婪的那种,因为那里空无一物。然而她让步于战栗;她从过去的边界注视我,那荒蛮之处,朝向未来的顶端,那不毛之地,而因为她完全不好沉思,这奇怪的露骨的眼神是一种持续的想要抓住我的暴力,醉醺醺的欢愉的催促,既不担心可能性也不担心目前的时刻。因此她领先于我,然而她的青春中含有某种我说不上来的不实感,某种将时间摧毁并使其担忧自身的先知般的透明。征服我?她不想;让人指引?她不能;触碰我?是的;她把这种接触称作世界,一瞬间的世界,时间在这一时刻前驻立。

我于是一个人待着,我的意思是说我将自己隐没在深处;为了能够向我显现,她可能必须停止看见我。饥饿、寒冷,她活在这些因素中,但尽管她如此饥饿,她在其目光一旦有唤醒我的危险时就会躲开,而这不是因为灵魂的软弱与羞涩,而是因为荒蛮才是她的帝国。脱离了野性的行动,她又如何才能奔向与我的相遇呢?但是,为了使她的跳跃成为可能,我也必须一再后退。

在那个南方的夜晚,当我起身的时候,我知道那和远近无关,它不是一个属于我的事件,也不是一个可以言说的真相,那既不是一个场景,也不是某样事物的开端。一个画面,但空洞;一个时刻,但无果,对她来说我谁也不是,反之亦然——没有联系,没有开始,没有目的——一个点,而在这个点之外这世上的一切对我来说都不陌生。一个人物?但没有名字,没有生平,记忆拒绝她,她亦不愿被讲述,也不愿幸存;在场?然而她不在那里;缺席?但根本不在别处,在这里;是真的吗?完全超越真相之外。如果人们说:她和夜晚相连,我会否认;夜晚并不知晓她。如果人们问我:但您究竟在说什么?我回答:事实上不会有人问我这样的问题。而白昼?白昼对她并无所求,它和她并无交集,它对她既没有忠诚也没有信仰的义务。而我自己,我未曾找寻她,我未曾诘问她,而如果我经过此处,我也不会停歇。我们的关系究竟是什么?我不知道。然而,我能够预感到白昼与她以某种方式相连。在他们之间,没有理解,却包裹着一种相互的吸引,一种互相诱惑的火花,这可能就是在那时显现的:从其任务中解脱出来,白昼似乎在玩弄一种善变的使其变得轻柔和自由的力量。我可以说我目睹了这场游戏,如果说这算是游戏的话。而如果这是种疯狂,我也看见了,我也参与了。

我不认为我曾经忽视过这一点,我知道我被卷入一个深刻的、静止的阴谋中,我不应该看着它,也不应该瞥见它,更不应该对此担忧,然而它却要求我付出全部的经历和时间。我再次重复,在我周围并没有任何一件不正常的事情。后者将会是一个被严格界限的、可控的消遣,可能会令人担忧,却也让人安心。然而消遣是不会停歇的,它不在任何地方止步。它不属于这里或是那里,它只是令外表更为闪耀,更为明显也更为宽阔,以至于界限本身都拥有了表面的美丽安宁。难以控制的安宁,而且我很奇怪地感到尽管它不包裹任何神秘或矜持的事物;相反,她令人预先感受到的是白昼放弃了它深邃的保留。白昼是没有深度的,我是说没有未来的深度,也与其他白昼不相连,没有桎梏的光明,自我庆祝的透明——一个节日,一个漂浮的节日,一个失去匆忙、痛楚和激扰的游戏——也是某种镇定和休息。

或许这行动是难以察觉的,我不知道。我从未在我之中或是我之外看见标志着任何改变的事物。当空气缺乏,确实在某些时刻时间会变成空气,而呼吸将其耗尽。但如果说我的呼吸缺乏时间的话,那不是因为它受到限制,因为它似乎已不再有界限,只是它更为稀薄而贫乏,由于这一点儿不稳固而犹疑不定。我认为我不再能失去我的时间,事实上是因为一个奇怪的理由,那就是它本身已经被失去了,已经坠落到我们所能够失去的事物之下,成为不可把握的、失去的时间之外的事物。一种神秘的感受,因为我一直都让自己忙于更少的事情,然而我的时间却总是完全被占满。而且,我承受着一种持续的、极端的压力,为了再减轻我的任务,尽管它已经被如此地削减了。令人惊奇的、瞬间的明显事实。

我感到时间在流逝,因为白昼也在流逝,在它们安宁的光线中以一种愉悦的迅捷滑行。但是我很清楚对于我来说此刻时间越来越少,这并不意味着什么都没有发生,而是所发生的事只是同样事件的重复——然而又不是同样的事件:它潜入一个不断变低的层次,在那里它似乎以一种画面的方式游荡,尽管它绝对在场。

我曾谈到一个阴谋。确实这个词注定是被用来充当一个绝望的职能,但它尤其,以其自身的方式表达我的一种情感:即是说我不是与一个故事,而是和一个事实相连。这个事实就是:故事本身将愈发与我错过,这种贫乏不但远远不能令我获得那最简单的日子,而且还在一种残酷的混乱不堪的移动中从我这里抽取剩余的生命,关于这移动我只知道它激起某种已失去耐心的欲望,后者迫不及待地想将我尽早地归还到那个正召唤我的地方,尽管它恰恰又使我和所有的目的疏远并禁止我去任何地方。

人想要活着就需要在故事的幻觉中休憩,但我不被允许这休憩。我必须再次提醒这一点:这样的日子并非献给一个陌生的不幸,它们也不确认一个将死的决定的沮丧;相反,它们被愉悦的广袤,照耀的权威、光线,纯粹的轻浮所穿越,对于白昼来说过于强烈而且将它们变成一种纯粹的消散,也将每一个事件变成一个错位的章节的画面(它不处在其本身的位置,一种时间的玩笑,不在当下,一个在故事中迷路且误入歧途的碎片)。我有时会想,"我觉得我会在这种记忆的缺失中窒息",但遗忘和事物本身无关。回忆,相反的,确是这记忆缺失的沉重形式。可怕的任何事都不会停止的间隙。也可能在我身处的地方,我拥有太多某种勇气(某种恐惧)。这勇气支撑我站立。我并非不知道,我曾找寻的正在此刻寻找我。我曾看着的想要直面我。然而保持站立,怎样才会放弃这坚持? 这意志是神秘的。我同样也感到我不仅执着于自己的位置——是的,以某种荒诞的执拗,在我的位置,站立着——而且还有:我变得有点儿不稳定,我从一个地方到另一个地方。我确定没有移动太多步,但当我经过时,门嘎嘎作响,空气在空间穿梭。遇见我的人想:"他在那里,现在。"然后立刻补充:"啊! 在这儿了,现在!"这是夜晚吗? 清晨在灼烧。我从楼梯下来;再次就是空无,空无的愉悦,空间的欢乐的颤抖,而事实上,没有任何人在那里观察;而我自己,从这个暗中轻微的推动中,从这个游荡的对广阔空间几乎没有任何激荡的轻微的气流中(尽管它将我导向这里和那里),我可能知道些什么,但这似乎和我没有什么特别的关系;白昼就是如此,一个无尽的映照,在各个房间里游荡的步子,工作的沉重击打。

遗忘并未发生于事物之上,但我必须指明:在它们再次闪耀的光明处,在这个不会摧毁任何它们的界限的光明里,但其将无限和一种持续的欢乐的"我看见你们了"结合在一起,它们在一个重新开始的熟悉感中闪烁,在那里其他事物都没有位置;而我,穿过它们,我拥有反射的静止与善变,在诸多画面中游走并和它们一起被拖曳进移动的单调中,看起来没有终点就如同它没有起点一样。或许,当我站起身时,我对开始怀有信心:如果不知道白昼开始了,那谁还会起来呢?但是,尽管我仍然能够行进很多步,这也就是为什么门会嘎嘎作响,窗户打开了,阳光又再次出现,所有的事物又重新处在它们的位置,不可改变的、欢乐的、确定在场的,以一种关闭的方式在场,如此确认和稳定以至于我明白它们不可抹去,在它们的画面再次闪耀的永恒中静止。但是,在那里看见它们,在它们的在场中微微远离自身,且依靠这难以感知的后退,成为一个反射着幸福的美丽,尽管我仍然能够行进很多步,我也只能在我自身画面的安静的静止中来来回回,这画面和一个不再流逝的时刻漂浮着的欢庆相连。我竟能够深潜到离我自身如此之远的地方,到一个我觉得可以被称作深渊的所在,而它仅仅将我放置于一个节日的欢乐的空间里,一个画面永恒的再次照耀,人们可能对此吃惊,我也会有同感,如果我没有体会到这不知疲惫的轻浮的重量话,天空的无尽的重量,在那里我们所见的持续着,界限平展开,遥远处昼夜闪烁着一个美丽表面的光华。

事物是可怕的,当它们从其自身涌现出来的时候,处于一种相似性中,在那里,它们既没有时间腐坏也没有本源去追溯,在那里,尽管永远和它们相似,却并不是后者确认的对象,但是,超越于那阴暗重复的潮起潮落外,这相似的绝对的力量不属于任何人且既没有名字也没有形象。这就是为什么去爱是可怕的,而我们只能够去爱最可怕的。和一个倒影连接,谁又能够接受呢?但是激情所要的就是与没有名字和形象的事物相连,赋予这游荡而无尽的相似性一个死亡瞬间的深度,和它自我封闭在一起并将它和自己一起推向所有相似性坍塌和破碎的所在。我能够说我和这静止相连,它经由白昼和黑夜流逝,一个瞬间的安静的荧光,它不曾经历黑暗的遮蔽,它不会熄灭也不会照亮,因为它什么也不揭示,一道光线的闪烁的幸福,但是这静止也到处徘徊,而或许我能更好地接受这个显著的事实:我不再有看向别处的希望,我们在纪念碑般的柱子前直立,这无穷的善变,这将我留在原处却又不断令我改变位置的追随,它令我相信一个真正的移动,一个活着的行动寻找着生命,尽管它被包裹在命运的力量与静止中。每一天,或者说至少某些日子里,但同样每一个时段,一天中每一次移动都穿过闪耀的空间向我展示一个自由的画面的跳跃,从一个我看不见的点开始朝一个我看不见的点而去,而这两点于我而言可能是混淆的、静止的上升,充满着光辉,但同时也是晦暗的努力、冰冷的幻想,永远相同而又永远空洞,从那里相似之物涌出,为了确认相似之物,这行为什么也不能做,除了赋予我一刻接着一刻地跟随这画面的力量外,什么也不能做,我自身的画面,投射到外表的火焰中，好像一个接着一个地，我们通过互相表现对方来追随那可能性，并将一个真正的意义的闪烁和鲜活的价值赋予一个空洞的点。确认无疑的，这一点仍然是空洞，就如同它可以不断再次开始那样，而开端始终是沉默且被忽略的，但奇怪的是，我对此并不介意而且我继续以一种令人难以置信的贪婪再次攫取这一瞬间，同样的瞬间，穿过它我觉得我瞥见那微光：某个人在那里，他不说话也不看我，然而却富有生命和一种令人出神的愉悦，尽管这愉悦是一个至高无上的事件的回声，徘徊在时间无尽的轻柔中却无法固定。

凭借这个，凭借这微光，我将不能确认我一直都有意识，我或许应该承认它时常放任我的自由，然而，怎么说呢？它就是我内心的自由，一种撕碎所有联系，取消所有任务，令我能在这世界生存的自由，然而条件是我几乎失去所有的身份，如果我确实看见自己被缩减成为某种人们不会遇见的存在的透明，那是因为逐渐地它将我从我自身中，从我的个性和其代表的严肃而积极的确认中解脱出来。我于它而言是什么呢？某个活在世上的人？和它相处得不错的人？一个图像？但是它不能在世界上停留,而且我知道——确实在一个无法将其纳入考虑的无知的深处——它具有那唯一瞬间的力量,且它认识我但是无法认出我,它触碰我,而未来不与之相连。一个图像？在它看见我的地方或许确实有一个图像,然而被包裹并封闭在倒影的永恒中,前提是以下的陈述是真实的:事物的影子闪耀的相似,在那里事物本身抽离出来并将其倒影无限地投向新的倒影中。

我认为那就是这阴谋绝对阴暗的时刻,在那个它不断返回的现在的那一点,在那里我既不能忘怀也不能忆起,在那里人类的事件围绕着一个像我自己一样不稳定的静止的中心,以不确定的方式建立着它们的归来。我能够回想起它令我走的路,我是如何几乎和一切都决裂——在这个意义上我已经全部忘记了——为什么,尽管我如此遥远,我必须在一个瞬间里一而再,再而三地后退,在那里我以一种画面的形式游荡,那画面和一个静止的周而复始的白昼及时间相连,后者在某一点上不断从时间里脱离。我能够想起,尽管这路途如此遥远,尽管有无尽的穿越这众多日子和时刻的无意义的重复的歧路,我都会再次回到这个将两个小房间分开的走廊:在那闪烁飘忽的阴暗中,我曾必须承受那最大的痛楚却同时又与最真实和最快乐的时刻相遇,宛如我所遭遇的并非那冰冷的真相,而是那成为终结的暴力与激情的真相。我能回想起这一切,而回想本身就是在这相同的空间里更进一步,在这里走得更远就越是和回归相连。然而,尽管这循环已将我带走,尽管我必须永远地写下去,我却是为抹去永恒而写:现在,终点。

图书在版编目(CIP)数据

在适当时刻 /(法)布朗肖著；吴博译. —南京：
南京大学出版社，2015.2(2021.3重印)
(布朗肖作品集)
ISBN 978-7-305-14548-3

Ⅰ.①在… Ⅱ.①布…②吴… Ⅲ.①长篇小说-法国-现代 Ⅳ.①I565.45

中国版本图书馆CIP数据核字(2015)第002608号

Au moment voulu
de Maurice Blanchot
Copyright © Editions GALLIMARD, Paris, 1951.
Simplified Chinese translation rights © 2015 NJUP
All rights reserved

江苏省版权局著作权合同登记 图字：10-2011-128号

出版发行	南京大学出版社
社　　址	南京市汉口路22号　　邮　编 210093
出 版 人	金鑫荣
丛 书 名	布朗肖作品集
书　　名	**在适当时刻**
作　　者	(法)莫里斯·布朗肖
译　　者	吴　博
责任编辑	谭　天　沈卫娟
照　　排	南京紫藤制版印务中心
印　　刷	南京爱德印刷有限公司
开　　本	850×1168　1/32　印张4.375　字数71千
版　　次	2016年2月第1版　2021年3月第3次印刷
ISBN 978-7-305-14548-3	
定　　价	35.00元

网　　址：http://www.njupco.com
官方微博：http://weibo.com/njupco
官方微信：njupress
销售咨询：(025)83594756

＊ 版权所有，侵权必究
＊ 凡购买南大版图书，如有印装质量问题，请与所购
　图书销售部门联系调换